稀見筆記叢刊

鬼董

夜航船

[宋] 佚名 著

[清] 破額山人 著

欒保群 點校

文物出版社

圖書在版編目（CIP）數據

鬼董　夜航船　/　欒保群點校．--北京　：文物出版社，2014. 11（2017.5重印）
（稀見筆記叢刊）
ISBN 978-7-5010-4110-7

Ⅰ．①鬼…　Ⅱ．①欒…　Ⅲ．①志怪小説-小説集-中國-宋代　Ⅳ．①I242.1

中國版本圖書館CIP數據核字（2014）第232955號

鬼　董　［宋］佚　名　著
夜航船　［清］破額山人　著

校　　點： 欒保群
責任編輯： 李縉雲　劉永海
封面設計： 程星濤
責任印製： 梁秋卉
出版發行： 文物出版社
地址：北京市東直門内北小街2號樓　郵編：100007
網站：http://www.wenwu.com　郵箱：web@wenwu.com
印　　刷： 北京京都六環印刷廠
經　　銷： 新華書店
開　　本： 880×1230毫米　1/32
印　　張： 9.5
版　　次： 2014年11月第1版
2017年5月第2次印刷
書　　號： ISBN 978-7-5010-4110-7
定　　價： 40.00圓

出版説明

《鬼董》和《夜航船》二書的作者可以説都是無名氏，現在知道的只是二位全是江南人，又都姓沈。當然這並不是把兩書合印在一起的理由。

《鬼董》五卷，鮑廷博據元泰定間錢孚跋語，以爲宋孝、光時沈某著。其實書中有理宗紹定年號，似爲寧宗、理宗時人較妥。據錢孚跋，時爲抄本，而傳者爲關漢卿。直到清代中期才由鮑氏收入《知不足齋叢書》，刻印流傳。

全書不過數萬字，名爲《鬼董》，其實並不全是鬼故事，而且間有錄自《宣室志》等唐人小説者。但就本書自有的鬼故事來看，對幽冥文化的研究頗有價值，具體些説，這些故事爲南宋市井獨特的幽冥觀念提供了重要的傳説依據，而這種幽冥觀念正是南宋市井社會的一種折射。舉例來説，隨着北宋滅亡，金人南侵以及南宋内亂頻仍，大量異鄉難民湧入城市。都市急劇膨脹，居民混雜，街坊鄰里的關係已經發生結構性的變化。這時期的鬼故事就出現了一個另類：都市中的僧道、商販、僕役、娼女等多有鬼魂混雜其中，竟占到人群的三分之一。這些流動性極强的身份，如果再加上乞丐、盜賊，簡直就是一個流民組成的「江湖」世界！「江湖」容易爲「鬼」所冒入，這反映着當時人們對「江湖」的認識。鬼故事的内容往往能從獨特的角度反映出社會心理的波動。而市井鬼或江湖鬼的出現，也就隱約地透露出市民社會對外來人口大量湧入的不安和擔憂。雖然本土居民的生活已經不能脱離外來勞動力，但却有一種不自主的排斥心理，好像是「非我族類，其心必異」似的。這種「人鬼各半」之説，早在唐末李復言《續玄怪録》中的「葉氏婦」一則中，就曾通過一個巫婆的口揭出：「天下之居者、行者、耕者、桑者、交貨者、歌舞者之中，人鬼各半。鬼則自知非人，而人則不識也。」但這種説法没有任何相應的鬼故事來支撑，只不過是一種想入非非而已。但到了南宋，「人鬼各半」之説在臨安等大城市中以各種鬼故事爲載體而傳播甚盛。此類故事可見於據説是南宋人編寫的《京本通俗小説》中的《西山一窟鬼》（後來爲馮夢龍改題「一窟鬼癩道人除怪」，收入《警世通言》中），洪邁《夷堅志》也載有多條，如《丙志》卷九的「李吉爊雞」（《丁志》卷四之「王立爊鴨」則是它的另一文本），《三志己集》卷四的「傅九林小姐」，《志補》卷十六「王武功山童」等都是冥界鬼魂以與生人無異的形態到人世打工或做小生意的。而《鬼董》卷四「陶小娘子」一篇更爲生動曲折，像報導社會新聞似地講了一個極爲離奇的鬼故事，是此類鬼故事的最爲突出的一個。同時也爲一直在作者時代問題上有爭議的《京本通俗小説》提供了確是南宋人作品一個證據。本書中其他幽冥故事也大多流傳於市井，爲他書未見。

《鬼董》一書還記載了一些真實的社會新聞，如陳淑之私奔、楊二官人之騙局、周寶之劫案，都是了解南宋社會的最直接生動的材料。此書一直未見有整理本，這次我們用鮑廷博的《知不足齋叢書》本爲底本，做了標點和校對，並爲了方便引用，爲各篇擬加了小題。

《夜航船》作者破額山人，據書中的蛛絲馬跡，僅知其姓沈，活動於乾嘉時期。是順治進士沈自南的後人，出身詩書世家，爲蘇州府吳江望族。曾就讀於本縣松陵書院，一生未仕，真實名字與生平事蹟均不詳。但到民國時廣益書局有此書的鉛印本，却署名「莊蘧庵」。莊蘧庵其人見於本書第八卷最末兩篇，一爲「廚房聯句」之最後評語「莊蘧庵曰」，一爲「韋廟考詩」中之「莊生」。此莊生夢中做詩八首，由古人起興，寄託自己的身世，又言莊生醒後述與夜航主人，夜航主人遂作《夜航船》，便頗似《石頭記》開卷的雙簧手法，廣益書局誤把莊蘧庵認做作者，或即因此。或以爲此莊蘧庵爲作者友人，但我感覺更像是作者自己的分身化名。莊周夢蝶，栩栩然蝶也，俄而覺，蘧蘧然周也。這大約就是「莊蘧庵」的寓意吧。

此書共八卷，寫有一百餘篇故事，多取材於民間或幕友間的傳聞笑談，故事有趣的不少，有些能讓古板的老夫子破顏一笑，很是難得，雖然謔而至於虐，但尚不足爲作者疵病。偶爾有些葷段子，也可理解，馮夢龍《挂枝兒》原生地的民風本來就較开放，一介書生，何必像大人先生們一樣假裝正經呢。而這些段子好用詩書斯文語，把聖經賢傳當成胡扯的佐料，挖苦起各類讀書人也夠尖酸，由此可看出江南才士輕薄而可愛的一面。

此書寫江南特別是蘇州一帶的風俗民情非常生動，不僅繪形繪影，而且直透心底，毫無假道學氣。如卷四「阿癐癐」一篇，寫至婦女出游：

阿癐癐，苦惱之聲，今作閧起之聲。……至於最易癐癐、極喜癐癐者，莫過於婦女出游。婦女出游，不比在家。在家無人見，見亦不多。一到游玩之地，若虎邱、西園、獅子林、拙政園、玄妙觀等，正法眼光明之界，紅顏角逐之場，非豔粧不可。粧豔人自豔，人豔粧更豔。由是油頭年少，正如景星慶雲，爭先覩之爲快。花香蜂起，羊羶蟻集，豔者亦沾沾自喜，私想儂貌殆佳，不然，何世界都成眼界，且往觀乎？何怕看殺。而看客又分名目：疾忙兜其前曰「前呼」，熨貼尾其後塵曰「後擁」，左右顧盼曰「眉眼」，合前後左右而層層繞匝者曰「打圍」，散場出醜曰「阿癠癠」。

這就很有些張岱《陶庵夢憶》續編的意思了。此外如記江浙一帶之鬭蟋蟀、蕩河船、打燈謎以及食物別名，都很可喜。卷八「鬼冒花神」一篇，與時代稍晚的法國人梅里美的《伊爾的美神》情節頗相似，不妨對照來看。

此書所用的底本是台湾新興書局《筆記小說大觀》影印的石印本，这個本子究竟是哪家出版，恕我孤陋，實在查不到，但據唐弢先生說，他見到的是一種由采風報館所印的，不知是不是這一種。裏面有些錯字，加之影印所選的本子不佳，很多字模糊不清。幸好找到了廣益書局的排印本，雖然也有錯字，兩相湊合，總算把麻煩解決了。其中不當之處，还望讀者指正。

欒保群

鬼董

宋·佚名

目録

卷第一

赤丁子

洛陽人牟潁，少年時因醉誤出郊野，夜半方醒，息於路傍。見一尸發露骸骨，潁甚傷念之，達曙，躬自掩埋。其夕，夢一少年可二十已來，衣白練衣，仗一劍，拜潁曰：「我強寇耳，平生恣意殺害，作不平事。近與同輩爭，遂爲所害，埋於路傍，久經風雨，所以發露。蒙君復藏，我故來謝君。我生爲兇勇人，死亦爲兇勇鬼，若能容我棲託，但君每夜微奠祭我，常應君指使。我既得託於君，不至飢渴，定得令君所求徇意也。」潁夢中許之。及覺，乃試設祭饗，暗以祀禱祈。夜又夢曰：「我已託君矣。君每欲使我，即呼『赤丁子』一聲，輕言其事，我必應聲而至也。」潁遂每潛告令竊盜，盜人之財物，無不應聲遂意，後致富，有金寶。

一日，潁見鄰家婦有美色，愛之，乃呼赤丁子令竊焉。鄰婦至夜半忽自外踰牆而至。穎驚起款曲，問其所由來。婦曰：「我本無心，忽夜被一人擒我至君處，忽如夢覺，我亦不知是何怪也，不知何計却得還家？」悲泣不已，穎甚憫之。潛留數日，其婦家人求訪極切，至於告官。穎知之，乃與婦人詐爲謀，令婦人出別墅，却自歸，言不知被何妖攝去，今却得回。婦人至家後，每三夜或五夜，依前被一人取至穎家，不至曉即送歸。經一年矣，家人皆不覺。

婦人深怪穎有此妖術，後因至切，問於穎，曰：「若不白我，我必自發此事。」穎遂具述其實。鄰婦遂告於家人，共圖此患。家人乃密請一道流，潔淨作禁法以伺之。赤丁子方夜至其門，見符籙甚多，却反，白於穎曰：「彼以正法拒我，但力微耳。與君力爭，當惡取此婦人，此來必須不放回也。」言訖復去。須臾，鄰家飄風驟起，一室俱黑色，但是符籙禁法之物，一時如掃，復失婦人。至曙，其夫遂告官，同來穎宅擒捉。穎乃攜此婦人竟逃，不知去所。

章　翰

章翰少時有志氣，長安交游豪俠，宅新書坊。有愛妾曰裴六郎者，容範曠代，宅於崇仁。翰常悅之。居無何，翰有故游近畿，數月方回，及至，妾已病死。翰甚悼之。既而日暮，因宿其舍，尚未葬，殯於堂奧。既無家室，翰曰：「平生之愛，存没何閒？」獨宿繐帳中。

夜半後，庭月浩然，翰悲歎不寐。忽見門屏間有一物，傾首而窺，進退逡巡，入庭中，長丈許，著豹皮褌，鋸牙披髮。更有三鬼繼進，乃拽朱索舞於月下，相與言曰：「牀上貴人奈何？」又曰：「寢矣。」便升階入殯所，拆發舁櫬於月中，破而取其尸，糜割股體，環坐共食之，血流於庭，衣服狼籍。翰恐懼，且痛之，自分曰：「向叫我作貴人，我今擊之，必無苦。」遂潛取帳外竿，忽於暗中擲出，大叫擊鬼。鬼大駭走，翰乘勢逐之西北隅，踰垣而去。有一鬼最後不得上，翰擊中流血，乃得去。

家人聞變亂，起來救之。翰具道其事，將收餘骸。及至堂，殯所儼然如故，而噉處亦無所見。翰恍惚以爲夢中，驗其牆有血，其上有迹，竟不知其然。後數年，翰貴達。

飛天夜叉

章仇兼瓊鎮蜀日，佛寺設大會，百戲在庭。有十歲童兒舞於竿杪，忽有一物狀如鵰鶚，掠之而去。郡衆大駭，因罷樂。後數日，其父母見在高塔之上，梯而取之。兒神形如癡，久之方語，云：「見如壁畫飛天夜叉者將入塔中去，飼果實飲食之味，亦不知其所自。」旬日，方静神如初。

婦化夜叉

有吳生者，江南人。嘗遊會稽，娶一劉氏爲妾。後數年，吳生宰縣於鴈門郡，與劉氏偕之官。劉氏初以柔婉聞，凡數年，其後忽獷烈，自持〔一〕不可禁，往往有逆意者，即發怒毆其婢僕，或齧其肌血，且甚而怒不可解。吳生始知劉氏悍戾，心稍外之。嘗一日，吳與鴈門部將數輩獵於野，獲狐兔甚多，致庖舍下。明日吳生出，劉氏即潛入庖舍，取狐兔生啗之且盡。吳生歸，因問狐兔所在，而劉氏俛然不語。吳生怒訊其婢，婢曰：「劉氏食之盡矣。」生始疑劉氏爲他怪。旬餘，有縣吏以一鹿獻，吳生命致於庭。已而吳生始言將遠適，既出門，即匿身潛而伺之。見劉氏散髮袒肱，目眥盡裂，狀貌頓異，立庭中，左手執鹿，右手拔其脾而食

〔一〕「持」字，《宣室志》卷三作「恃」。

之。吳生大懼，仆地不能起。久之，乃召吏卒十數輩，持兵仗而入。劉氏見吳生來，盡去襦袖，挺然立庭，目若電光，齒如戟刀，筋骨盤蹙，肉盡青色。吏卒俱戰慄不敢近。食頃，忽東向而走，其勢甚疾，竟不知所在。

韋自東

韋自東者，義烈之士也。嘗游太白山，棲止段公莊。段亦素知其壯勇者。一日，與自東眺望山谷，見一徑甚微，若舊有行跡。自東問主人曰：「此何詣也？」段曰：「昔有二僧居此山頂，殿宇宏壯，林泉甚佳。蓋唐開元中萬迴師弟子之所建也。似驅役鬼工，非人力所能及。或聞樵者說，其僧爲怪物所食，今絕跡二三年矣。又聞人說有二怪物在於此山，亦無人敢窺焉。」自東怒曰：「余操心在平侵暴，怪物何類，而敢噬人！今日必挈其首致於門下。」段曰：「暴虎馮河，死而無悔。」自東不顧，仗劍奮衣而往，勢不可遏。段悄然曰：「韋生當其咎耳。」

自東捫蘿躡石，至於靜舍，悄寂無人。覩二僧房大敞其戶，屐錫俱在，衾枕儼然，而塵埃凝積其上。又見佛堂內細草茸茸，似有巨物偃寢其處，四壁多挂野彘玄熊之類，或庖炙之餘，鍋灶柴薪。自東乃知是樵者之言不謬耳，度其怪未至，遂拔柏樹大如碗，去枝葉爲大杖，扃其户，以石佛拒之。

是夜月白如晝，夜未分，怪物挈鹿而至。怒其扃鐍，大叫，以首觸户，折其石佛而碚於地。自東以柏樹撾其腦，再舉而斃之，拽之入室，又闔其扉。頃之，復有怪物繼至，似怒前歸者不接己，亦哮吼觸其扉，復碚於户閾。又撾之，亦斃。自東知雌雄已殞，應無儕類，遂掩關烹鹿而食。及明，斷二首挈餘鹿示段。段大駭曰：「真周處之儔矣！」乃烹鹿飲酒盡歡。

遠近視者如堵，有道士出於儔人中，揖自東曰：「某有衷懇，欲告於長者，可乎？」自東曰：「某一生急人之急，何爲不可？」道士曰：「棲心道門，懇志靈藥，非一朝一夕耳。三二年前，神仙爲吾配合龍虎丹一爐，據其洞修之有日矣。今靈藥將成，數有妖魔入洞，就爐挈觸，藥幾飛散，思得剛烈之士仗劍衛之。靈藥儻成，當有分惠，未知能一行否耳？」自東踊躍曰：「乃平生所願也。」遂仗劍從道士而去。

躋險躡峻，當太白之高峯，將半，有一石洞，可百餘步，即道士燒丹之室，唯弟子一人。道士約曰：「明晨五更初，請君奉教。」乃立燭於洞門外伺之。俄頃，果有巨虵長數丈，金口雪牙，毒氣氤鬱，將欲入洞。自東以劍擊之，似中其首，頃間若輕霧而化去。食頃，又有一女子，顏色絶麗，執芰荷之花，緩步而至。自東又以劍拂之，若雲氣而滅。食頃將曙，有道士乘雲駕鶴，導從甚嚴，勞自東曰：「妖魔已盡，吾弟子丹將成矣，吾當來爲證也。」盤旋候明而入，語自東曰：「喜汝道士丹成，今有詩一首，汝可繼和。詩曰：三秋稽顙叩真靈，龍虎交時金液成。絳雪既凝身可度，蓬壺頂上彩雲生。」自東詳詩意，曰此道士之師，遂釋劍而禮之。俄而突入，藥鼎爆烈，更無遺在。道士慟哭，自東悔恨自咎而已。二人因以泉滌其鼎器而飲之。自東後更有少容，而適南嶽，莫知所止。今段怪物骷髏見在，道士亦莫知所之。

妾薄命歎

鉅鹿有王氏女，美容儀而家貧。同郡凌生納爲妾。凌妻極妬，嘗俟凌出，使婢縛王，擲深谷中。王偶脱而逸去，入他郡爲女道士。作《妾薄命歎》千餘言。一夕見夢於凌，語所苦，且以詩授凌。凌覺，而得其詩於褥前。後凌妻死，王乃得復返。予聞其事甚怪，惜不見其詩。客近有傳示予者，因録之：

睘睘尋坦路，淒風響枯枝。路本羊腸形，折轉多他岐。誤識爲直道，偶陷深蒺藜。密林蔽寒月，青光透妾肌。野鴉徹夜啼，矇鵂笑自悲。雄狐繞妾號，鼫鼠相追隨。獨近虎狼窟，啖吐安可期。妾心豈不懼，仰賴穹蒼垂。少年學彈箏，善鼓陽春詞。長年學吹笙，一吹雙鳳儀。中年罹家禍，衆口生嫌疑。主君不及察，逐妾江之碕。昔嘗致幽調，酣歡頗見奇。今忽厲顔色，中道成睽離。羣寵好肉食，妾獨甘苦薺。羣寵好羅綺，妾獨披素絲。羣寵好外交，妾獨嚴門楣。人情惡異己，璠璵摘瑕玼。主君豈不明，妾心洞無欺。彼忍弄盃毒，危機轉斯須。不解覆盃情，謂我爭妍媸。捐棄長三年，剖心無所施。呼天天不言，呼地地不知。獨呼父與母，何用生我爲。羸羸溘草宿，父母呼孳孳。攜手問苦樂，白髮雙涕洟。訓妾毋改心，掣手忽失之。村雞已罷韻，林杪流朝曦。凝霜厚膚寸，輾轉寒且飢。飢尚乏糠粃，寒苦滅然萁。振衣恣所適，偶入班姬祠。配享古烈婦，異代同貞姿。吞聲禱玄玟，□□相委蛇。老尼推朕兆，端貞諒所宜。神明保終竟，致志毋自衰。出門顧孤影，棣棣何所訾。寒波印宿眸，獨步清淮湄。偶逢驪山嫗，左右兩相嫠。長跽叩休咎，爲我問靈蓍。白茅藉沙上，展冊尋良規。上卦乃山岳，下卦乃澤陂。羲文命爲損，剛柔彖爲時。周孔祈神教，示妾懲窒辭。左贈雙瑤簪，右贈雙瓊芝。玄醞瀉腰壺，烟霞滿雙巵。一吸洗塵骨，再吸清宿脾。稽首願爲徒，冉冉不能追。極目望空際，俯首致遐思。兀然迷去住，深雲忽四馳。濛濛宿霧生，霏霏雨雪滋。踽踽不自憐，行行何所咨。遙遙玉宇寒，念念懸雙眉。浮浮覆載間，鬱鬱何能支。慷慨復自寬，靜一貴所持。凌晨拾杜若，薄暮搴江蘺。入溪攬薜芷，陟山采辛夷。滋菊以充佩，幽蘭以薦縭。薰蕙紉高髻，芳蓀結輕綦。芙蓉製裳裙，周旋亦襳襹。臨泉更洗心，湛湛無塵私。願登主君門，含血愬所罹。鄰母憫我冤，爲妾啼橫頤。勸汝須鄭重，枉自獲忸怩。羣寵方冶容，寧堪衆嚅唲。引領望危閣，霄漢千重基。十二玉欄杆，飛翬敞梠榱。佳氣鬱繚繞，雙雙峙文鴟。可仰不可即，斂抱空漣洏。宮牆不得入，況望薦黍粢。衣冠不得睹，況望執盃匜。聲響不得聞，況望徵熊羆。髣髴適四野，魋雉飛雄雌。嗷嗷亂烏鵲，狉狉狂鹿麋。緑烟走夜燐，明滅多妖魑。妾心不比石，石破心不劙。妾心不比鐵，鐵蝕心不移。氣噓作長虹，虹消心不劚。淚落凝碧血，血盡心不漓。一心徑方寸，宇宙爲四維。四維今忽張，妾身獨蹈危。人生同百骸，苦樂何倍蓰。誰家擣衣裳，刀尺聞時梘。誰家贊中饋，潃瀡鳴金匙。誰家慶兒女，調笑聲嘻嘻。妾長抱窮愁，手足空纍纍。韞伏迴文巧，悽悽終對誰。中宵坐長歎，寒露滋淋漓。嘹嚦孤鴈聲，聲聲怨離披。聽聽裂肝腸，懊惱成真癡。知生有願果，知彫有碧椅。知方不知圓，大塊徒容伊。自恨恨無聊，抉面如刀剺。軀殼何所用，不如委幽逵。抱石臨深淵，馮夷拒且嗤。攀柯欲雉經，繘斷如人推。持刀忍自剸，刀折空復噫。人求生不得，我求死無資。天地誰云寬，無所容四肢。誰云日月明，往來不照私。雨露未沾潤，誰云澤浩瀰。黃壤委何日，墨墨徒行尸。撫膺發浩歎，仰首見南箕。箕畔列牛女，望望亦何其。天上懸幽恨，人間徒自痍。不寐對明蟾，吟哦薄命詩。字字皆自咎，句句皆自卑。篇篇相思淚，耿耿矢神祇。結束明依歸，處女乃吾師。危坐候大所，素楮鋪平墀。纖纖出玉臂，刺血忍號譆。搦管書血字，體勢追樊姬。大義關綱常，國家根平治。不比長門賦，首尾祈歡怡。持展跪天讀，神鬼皆於戲。讀罷卷作封，殷勤孰爲貽。仰登衡岳峯，俯臨湘水涯。尺鯉竟不至，賓鴻亦我詒。貿貿無所託，顧見雙黃鸝。嚶嚶留好音，翼短無所裨。斂衽復吟哦，天風爲我吹。百蟲爲我奔，羣芳爲我萎。花落春復華，人老無回晲。抱膝一假寐，夢入主君帷。宛爾素昔容，申申弄長髭。拜起泣且訴，問對良孜孜。主君頓然悟，引手強攜提。遜避忽振覺，依然身在茲。形影自相弔，懵懵如蹲鴟。枵然魄與魂，骨立如栢榴。盤盤習故武，兩腓如柔螭。施歸復偃臥，殘骸如囊皮。默默忽回想，人壽無百期。五内忌百感，傷衷不可醫。梳洗整容態，亦自時礪砥。春襭忘憂花，百草時葳蕤。滴露揉麯蘖，醞釀成珍酏。
和以愛河水，漉以慈竹籭。貯以偕老觥，泛泛浮緑蟻。寄言獻主君，斥之爲村醨。長夜
不自愛，摘蒲出瀾漪。結爲合歡扇，奇奇價不貲。寄言獻主君，抛擲供晨炊。初秋履峻
石，石中含瑞琦。礱成雙連環，光爛羞琉璃。寄言獻主君，遙途阻逶迤。冬經不斷縷。
端緒華□□。緯以歲寒線，製成同心褵。寄言獻主君，願言充纓緌。棄棄不復視，況望
收窮羸。達心竟無由，進退惟險夷。安能坐待斃，四海聊猶夷。須女整飆馭，玄女揚參
旗。□女擎雲蓋，華女執霞麾。弄玉秉長策，青女妙執綏。白虎服右驂，左驂乃蒼螭。
前驅奮丹鳥，後擁蛇與龜。靈旛雙招搖，發軔何躨跜。駕言適東瀛，仙姝對奕棊。中有
古麻姑，挾我坐以嬉。一枰未勝負，已爛樵斧柯。迴輪急西向，息駕崑崙崥。□登閬風
苑，瑤臺皓參差。上坐西王母，溫慰亦熙熙。顧呼董雙成，命取素所司。七弦妾對拊，
哀音動寒颸。王母不忍聽，泣魄雙交梨。謝歸轉夙駕，丹丘遐且巇。靈妃署南宇，驚問
來何遲。袖出古書册，云是曹娥碑。始稱節不變，終稱行無虧。檢卷對清誨，飛駕臨玄
池。北隅苦風色，姑射膚凝脂。攜我展畫翫，宛似秦山厓。却憶秦山陰，雙鶴虛茅茨。
收淚何所往，直到銀河坻。玉女正擲梭，鼓臂不知疲。離恨雖不言，宿淚雙凝頤。顧妾

停機杼，指心盟不移。再拜領瓊華，復度白銀漪。題曰廣寒都，宮殿相連㴐。纖阿步鐵板，望舒笑喔咿。羽衣霓裳曲，再奏舞僛僛。姮娥憐妾誠，賜我不死劑。苾苾一刀圭，試嘗甘如飴。無路獻主君，長生敢自蘄。樂極罷觀聽，憶我塤與篪。乘風忽返駕，復履舊園籬。鄰母共相勞，周游諒多禧。顏色羡美好，靈慧失前蚩。聞之頗自慶，整衣獻所齎。到門門不開，拒我聲訑訑。衆犬吠狺狺，羣寵隔門窺。依依門外柳，青青牆上苔。搖搖路傍竹，灼灼籬邊葵。采采雙鴛鴦，池塘戲深蘼。相對皆有情，無情獨戾㢑。長號欲奮去，此情終繫縻。薄鳩安鵲巢，屜魚潛鳧茈。彼升此顧沈，物理亦繆紕。古來妾薄命，顛連妾敢辭。主君明且哲，酌水分澠淄。妾味誠不凡，主君當自諮。但願主君心，權衡析毫釐。但願主君身，康寧延福禔。但願主君家，内外敦倫彝。主君衣衾溫，妾寒亦自悽。主君常醉飽，妾餒如噬腷。此心質神天，威光赫祁祁。雷霆司忠孝，善人終見毗。忠孝妾有違，龍火尸壇遺。妾情早鑒亮，妙運成和比。唯妾素所恥，巧媚如狐狸。長舌如鵜鴂，哺啜如鸕鷀。不意今之人，愛此如鶅鴯。徽舒以爲賢，虞姬逐鞭笞。西施侍枕席，共姜流三峗。世路此常態，端貞宜取疵。神明三尺臨，聽愬應詭詭。曾聞尹吉甫，疑蜂殺其兒。投杼踰危牆，曾母豈不慈。楚平放澤畔，容色成黑黧。汨羅終自沈，潔白隨流澌。近世岳將軍，一家遭斧鉞。父子君臣尚如此，賤妾之命如銖錙。又聞二叔煽流言，周公避東陲。三田生内睽，靈荆且自萎。張陳刎頸交，一旦身摧泜。王導痛伯仁，負之撫骸骴。兄弟朋友多若是，賤妾之軀如蜉蚍。五倫自古不除讒，此心但保無傾欹。再聞貝錦章，嫉讒投豺猗。莊姜不自惜，悲歌送戴嬀。有懷不敢盡，主君須細窺。一朝明妾心，萬死纏葛虆。太極象玄爐，陰陽運神錘。默鍛人與物，雜然各相麗。初稟足倏短，讒人當自柢。忽憶終南山，秀拔無九嶷。上多靈異草，毛女羣相僖。辟世三千年，長髮飄鬃髩。願追與之遊，微情尚羁羈。雙鵲忽遶鳴，顧袂垂蟢蜘。右耳聞天鐘，和薰瞤兩頰。撥火火屢笑，龜夢協休禕。情曲幸剖白，寵愛非所跂。望門泣謝主君義，黄庭一卷爲鎡錤。茹英披葉伴毛女，靈漿不竭玻瓈瓻。馭風逐侶姿遨遊，羅浮匡廬返峨嵋。人遭逆境須自得，堅白從來誰磷緇。飄然長嘯去復去，清泉白石容乎而。

新昌尉妻

新昌令妻亡，倩女工作凶服，中有一婦人婉麗殊絕，縣令悦而留之，甚見寵愛。後數月，一旦慘悴，言之悽咽。令怪而詰之，曰：「本夫將至，身方遠適，所以悲耳。」

令曰：「我在此，誰如我何！第自飲食，無苦也。」後數日求去，止之，不可留，乃以銀盂一枚爲別，謂令曰：「他日相思，以此爲念。」令贈羅四匹。去後恒思之，持銀盂不釋手，每返公衙，即置公衙案上。

先是，縣某尉者已罷任還鄉，其妻柩尚在縣，遠來迎柩，乃投刺謁令。尉見銀盂，數竊視之。令問其故，對曰：「此是妻棺中物，不知何得至此。」令嗟歎良久，因具言始末，兼論婦人形狀聲音，及留盂贈羅之事。尉憤赧良久，乃使人開棺，見婦人抱羅而臥。尉怒甚，積薪焚之，沈其骨於江。

張師厚

張師厚，太原人。娶同郡崔氏懿娘爲妻，琴瑟甚諧。生一子，甫朞而卒。懿娘念之，因感疾而亦卒。師厚乃更娶白莊劉氏。劉已嫁喪夫，再醮師厚，性實殘刻而妒急。師厚嬖而畏之，爲所禁制，如處女不得浪出。師厚於故妻墓未能忘情，時一往。劉怨且怒，乘間挾健婦往，擊碎其祠堂，又迫師厚發取其骨，投之江。師厚歸，夜垂涕屏處。劉怒詬曰：「吾故夫美而俊，簪纓家也，爾何物，鷃弁爲人奴，乃污瀆我！爾猶悼亡，我獨不念舊耶！」遂大慟。俄而疾作，故夫憑焉，叫呼怒駡，以其背盟而醮也。師厚呼法者張雲老治之。懿娘亦現形於旁，曰：「余安崔氏，爾强以余歸，又棄言焉，又毀余祠，沈余骨，胡寧忍之！余不爾貸也！」師厚百拜祈哀，乃没，劉亦蘇。

秋夕，劉強師厚出遊，猶有所畏，呼雲老與之偕。白晝飲酣，艤舟龍灣。劉方曼聲而歌，波心忽砉然而分，一丈夫緑袍乘馬，出自水底。劉掩面曰：「法師救我，故夫來矣！」緑袍舒臂丈餘，挽劉入水。雲老法無所施，徒呼篙師赴救。及得之岸旁，氣已絕矣。師厚方驚慟，俄黑霧起於船中，有人蓬首被血而立，懿娘也。雲老拔劍罡步而前，劍墜於水，雲老徒手搏之，誤中師厚。相紛拏久之，傔人入視，則師厚殞於拳下矣。時羣奴皆目見之，故雲老止坐黥流云。

《夷堅丁志》載太原意娘，正此一事，但以意娘爲王氏，師厚爲從善，又不及劉氏事。案此新奇而怪，全在再娶一節，而洪公不詳知，故復載之，以補《夷堅》之闕。

卷第二

西湖二怪

秦熺之客，洛人周浩，卜居西湖。鄰邸有白衣少婦來寓，豔冶而慧。始見猶自匿，稍久目成心通。叩諸鄰，鄰曰：「汴人李氏，夫死，服將除，方謀再行。」浩厚致媒幣，室之。婦能先事中浩意，相得甚歡。

歲餘，觀濤於江，見雙鬟女美出妻右，心慕之。荼肆姥曰：「此女居六和塔，父母亡矣，獨與姨處，方願以樂藝自鬻。」浩捐金數千，方獲焉。始至其家，妻妾順比如箎塤，後忽忿爭。浩諭不可解，至相毆擊。兩怒方厲，黑烟蓬勃出自吻，蔽屋如墨，奇響一聲，烟銷室空，二豔俱失。遣人訪其姨，蕩然砂磧也。浩怪愕不敢居其居，從傳法寺假僧房徙焉。

元日四鼓，欲之秦氏賀。甫出門，陰氣耆然，籠燭隨滅。妻不知從何來，怒罵曰：

「無行棄我逃釋，謂終不能近汝耶！」浩罔然不省其妖，隨謝之。婦曰：「我已徙居入城矣。」偕至小宅中，歡飲共宿。明日，乃得之望仙橋下，半臥水中，喘息僅屬。掖歸，療治數日乃愈。

浩益恐，遷館於秦氏。一夕坐書室，有穴窗者，叱之，隨聲自隙入，妾也。鉛丹不施，雙鬟紛披，而態度愈明豔。倚浩嬌怨曰：「主母妒悍，正藉君主張，乃懦不能令，使我至此。且彼非人，乃死老魅，君何爲惑之！」浩亦迷罔不省，留共寢。妾挽出游，偕飲中瓦酒家。聞寺鐘而寤，身乃在後圃池中，污泥滿耳鼻。

秦氏呼一道士制之，不驗，乃使四卒夜番守之。浩雖不得出，而二女閒夜至，或憑浩言，云云叫呼。熺厭之，使他客送往建康。道遇時中，時中曰：「是水族之怪也。鱉爲白衣，穴西湖；獺爲少女，窟於江。弗速拯，將死於溺矣。」爲檄江湖神，俾縶二物。曰：「法不許殺也。」

初，周浩在西京，困不自聊，有洛瀕一作瀨。老翁，夜聞洛中溺鬼相謂：「翌日欲取白衣士自代，其衣下穿而姓周。」翁旦而待，日中而浩至，姓狀衣袂如鬼語，力挽駐之，乃脫。至此又復遇水魅云。

或曰：人靈於萬物，人不能神，禽獸昆蟲惡能神？又惡能魅人？凡言魅者，其寓歟？余曰：凡人形盡則死，死爲鬼，鬼而能有知者，不待聖與智，彼其形亡而神存故也。至神則能神神，又能神形。自神而形謂之通，自形而神謂之定。定則慧，通則空矣。空則彌漫八極而無所不至，故能運天地，化萬物，生亦神，死亦神。生有不神者，自窒之也，實其所以空者而無以受故也。惟萬物則不然，故死不能神而生或神。死不神者，氣偏業縈，理悖無以神神也。生或神者，壽也。今夫人大齊不踰百，而物不殄不死，不死則或靈矣。世有爲長生術者，言理則未窮，言性則未盡，言覺則非正。久而仙，能化能幻，能前知。物之魅者，久也，老壽也，猶人之仙也。然亦豈數數然見哉。夫物之魅人者必以淫，淫者其自魅也，久矣已魅，而物之魅類至矣，何寓言之有！

時安禮

臨安府胥時安禮，性陰賊險猾。因與傳法寺僧有故怨，安禮夜出察邏，卒至寺旁。僧方炊餅餌爲斛供，烟氣涌起。遽突闖入，誣以遺火，悉捕知事僧寘獄，將加重刑。有大璫鄰居，不平之，宣言欲入奏，乃得釋。然猶有被杖者，僧不勝痛憤而死。

未幾，安禮在使廳指畫文書，忽仆地殞，七竅皆流血。安禮家金帛山積，粉黛列屋，平時惟以刻虐中尹意，比其死也，復以子代從事。或勸其子：「爾父多冤陷，盍稍爲冥福？且彼積錢甚富，用之卒未既也。」子曰：「彼爲時安禮，我爲時某。曩世時安禮負時某財，今積以償。鐵枷鐵梏，聽安禮自受之，時某無預也。」聞者爲之一笑。

善應尼

善應尼，余往在鹽官看姊見之，狀貌寢陋，意憒然，村嫗耳。洎時出危言，乃有脱洒起人意者。頗疑之，亦未信其能定慧也。後攜數百錢券來，託以市米。余曰：「米非余事，亦非爾事也。」應曰：「誠然。我未知君，爾持去屬之魯文之。」歲在戊子，哭魯憲於嘉禾。晚行其園中，小庵有出揖者，應也，曰：「曩歲糴資在是，今欲買牒與侍童，待之既累日矣。」

冬杪，聞魯氏婢有盜帑帛者，妄連其童。尉捕之，應曰：「童何知，我乃得盜狀：盜天地之和，盜日月之明，盜衣食於桑麻穀粟，盜資用於水火木金土，盜骨肉精血於父母。人孰非盜，而獨此婢耶！」尉曰：「然則若所自有者何也？」應曰：「性也。吾與官同，亦與羣卒同，亦與盜婢同。知本有之性，則前所謂盜者，亦皆吾性之有，而非真盜矣。」羣卒不解其言，謂侮己，怒虐之甚苦，至焚艾火熏灼。應曰：「此非我也。我出空劫前，入空劫後，諸佛慧眼且不能窺，而況汝曹邪！」卒暴不得施，乃解縱之。

明年三月旦日，侍童夜叩魯僉門曰：「吾師亡矣。」魯視之，儼然坐脱，猶意其故設意，爲之移寘他榻，坐愈堅強，面淡紅色。翌日，闍維舍利洋溢烟所，洎林莽皆垂五色雜珠有光，始知其有隱德云。

林千之食人事

嘉定戊寅冬，廣西諸司奏知欽州林千之食人事。始千之得末疾，有道人教以童男女肉強人筋骨，遂捕境内男女十二三歲，腊而食之，謂之「地雞」、「地鴨」。其家小婢妾被食甚衆。又以厚賄使卒掠人虛市間，民稍知之，皆深閉不敢出。卒無以應命，乃走其鄰橫州，伏莽中掠過者。橫州民呼爲紅衣人，意其盜也，告州捕得，卒言其情。

監司上諸朝，既而獄久不決，又使大理評事孫涇往全州置獄勘之。遷延歲餘，千之竟從輕典，僅追毁除籍，配吉陽牢城而已。既而言者論涇罪，涇罷去。

德清宰

嘉定癸未秋，余在郡治客次中，與嘉興趙丞、德清劉簿偕坐。劉言德清先某宰，以最入監左帑，疽發背之左。其鄉貴使瘍醫治之，既愈矣，未幾復發於右。召醫，十往返不肯來。鄉貴強之，醫不得已，乃言曰：「某聞左藏召，始勇欲往，晝假寐，夢兩吏呼至幽府。金紫人坐堂上，厲聲曰：『某人治德清，故出大辟，使逸天罰，案罪當以疽死。爾前爲傅藥愈之，已違天意，今勿復往，往則罪且併及！』」亡何，左藏果殂。

嗚呼，故出且爾，故入當奈何！蒞官行法，其可一毫容心哉！趙丞亦言：某官寓湖之空相寺，其人以嚴暴自喜。得疾臥榻上，作呼囚聲，而自膺之，又云訊若干，則號呼痛楚，兩股杖痕如織。日日如是，而不得速死。後不知如何。姓名昔具聞之，而今忘矣。

雅州金蠟燭

秦檜專柄時，雅州守奉生日物甚富，爲椽燭百餘，範精金爲之心，而外灌花蠟，他物稱是。使衙前某與卒十輩持走都下，至鄂州之三山，遇暴雨，休於道傍。草舍主人，書生也，窶甚，方冬猶絺葛，臥牛衣中，蹙然曰：「雨甚，日向暮，屋漏不可居，恐敗官物。去此荒徑里許，客舍甚整，盍往憩？」衆俾導以往，至則果有民居焉。

其人姓魚氏，見客喜出迎，燂湯治飯，問所以來。婦側聞之，摘語其夫：「此持太師壽禮，必厚齎，可圖也。」夫曰：「吾寧能敵十夫哉？」婦解囊示之。蓋婦能貨藥，常爲淫尼蕩女輩殺子，故蓄毒甚多。遂取殺鼠藥和諸毒，併寘酒中而飲之。中夜藥發，皆昏然不知人，獨衙前者飲少，不能毒。魚運斤擊之，十卒併命。他物悉藏瘞，獨不知燭中有金，不甚惜，姑置榻下。

會生納婦，以兩炬與之。生持歸，堅不可燃，刮視而金見，遂數數乞燭於魚。魚疑焉，取餘燭視之，始大悔懼，夜誘書生夫婦殺之，徙居漢陽爲米商。小人驟得志，買婢以居。妻曰：「致爾富，我之謀也，今踈我耶！我且告之！」魚内不樂，又家持珠花與倡。倡始疑其蠢而富，及得花，葉下有雅守姓名，以示他客，客告倡持告之郡，遂夫婦皆磔於市。

檜方盛，四方賂獻山積，金不足道，又必窮索異寶，皆尚方所無。若雅守之金燭，又不足爲遼東豕，直芹萍耳。

元司法

女伶陳嘉慶，居後市街之東。夜獨寢，夢有人黑而長，緇衣素裳，俯瞰其榻，曰：「元司法有約，不可不往。」嘉慶欲呼母與婢，而聲不得出，乃應之曰：「今已午夜矣，無人荷轎，不可去也。我未省識元司法，縱可去亦不汝從。汝來不由户，豈非鬼乎？」其人曰：「肩輿在門外矣，夜深不須治鉛黛，睡妝故自佳。」以手中扇揮之，嘉慶覺身不自制，從牖中出。至門，果有肩輿，二人負之，乘空行。至清泠〔二〕橋，下見一士出迎，升樓，晳而多髯，疎俊人也，留飲款昵。既曉，復以轎送之歸。既寤，以語其母，猶謂偶然。

明日他客來，方舉杯，忽冥然坐寐，其鼾如雷，呼挽皆不醒。客怒而去。逮曉乃寤，則夢遊也。自是每夕皆然。嘗從元司法求釵珥香扇之類，皆在枕旁。嘉慶視元頗當其意，亦樂之，謂姥：「豈真有是人，能此於夢乎？彼非無資者，倘能身相從，賢於夢魂遠矣。」姥求之清泠橋，果有赴調元司法，肖貌皆如女所言，屏人密問之，謝無有。

〔二〕「泠」，原本作「冷」，誤，據《夢粱録》，杭州有清泠橋，近南瓦子。無清冷橋。

又數月，嘉慶不復夢。視元，則已歸。他日遇諸塗，則目逆而笑。不知元生以術致之耶，抑偶然也？

陳　淑

紹興初，北客陳監倉寓邵武軍，笄女曰淑，美而慧。富子劉生欲娶之，劉父母以陳窶而挾官，恐侵其資，不許。陳亡，女不能自存，嫁同巷民黃生。黃母以罪繫家罄於吏，炊弗屬，使淑質衣於市。過劉氏肆，劉子見之，喜，呼入飲之，還其衣，予之千錢。他日復來，又益予之，寖挑謔及亂。

淑歸，視夫如讎。夫疑焉，偵而知其數過劉也，僞弗聞者，使淑厚要於劉。獲既審其實，然後詬淑曰：「我雖極貧，義不食汚，當執汝詣郡。婦姦，法不得用蔭免也。」淑恨怒，飲夫醉，殺而析其骸，寘甕中。鄰有聞者，捕淑赴官。劉生知女爲己累，夜逸，邏者得之，黥隸澧州。淑坐殺夫支解入不道，以凌遲論。

刑有日矣，獄卒謝德悅其貌，夜率同牢卒負而出諸垣，與俱竄至興國某山李氏邸舍中。李盜橐也，察其必竊而逃者，率家人持兵，紿以追至。德恐，穴壁遁去。淑爲李生所得，詭言江州籍妓，不堪官役，故從尉曹射士。李妻悍，不以歸，寘諸酒肆中。李蓄毒殺人掠財，淑久亦益習爲之。

謝德既脱去，爲醫，褐衣以藥游荆鄂，又三四年而返，由故道，飲李氏酒肆。李生已忘其爲德，而淑懷德恩未替也，瞰無人焉，急走謂德：「僞醉臥於此，我復從君去。」德如其言。夜，淑堇酒飲李及兩童婢，皆僵仆，呼德使就殺之，席捲肆中所有，與德西上，適襄陽。李氏家人來，見屍縱橫，獨意李生視盜侶不謹，爲所怒戕，不知淑實爲之也。

先是，劉生既配流於澧，以賄免，不敢歸，往襄陽依其舅崔觀察。崔亦盜巨擘，以俠雄一方，暮年革故態，多爲邸店自給。有邸在闤闠中，使劉生主之。德來，適入其舍，劉大驚，密以叩淑。淑率言之。劉欲執告德，而恐淑并誅，乃僞善視之。月餘，攜德出城飲，以鐵擊其腦，推置檀溪中，復納淑而室之。

亡何，劉父礬得放停，牒呼使歸。崔以一赤馬一奴送劉至興國，遣舅家奴去。乃迎淑，翦其髮，衣以緇衣，賂尼寺而匿之。劉未至興國十里，夜宿袁八店。袁窺見橐中物，殺之。劉父以子失歸期，走价質之崔。崔曰：「某日遣行，既累月矣。」劉父驚疑，自走襄陽訪之。崔之妻，其妹也，姑諱日設齋尼寺中，挽使偕行。劉父見淑，大驚曰：「是吾鄉殺夫者，當極刑，累吾子使黥，今胡爲在是！其可乎！」乃械以陳邑，淑竟論死。嘻，異哉！

食鞋怪

襄陽主簿張有新娶妻，美而妒。有疾，將如厠而難獨行，欲與侍婢俱，妻不可。有至厠，於垣穴中見人背坐，色黑且壯，有以爲役夫，不之怪也。頃之，此人迴顧，深目巨鼻，虎口烏爪，謂有：「盍與予鞋？」有驚未及應，怪自穴引手，直取其鞋，口咀之，鞋中血見，如食肉狀，遂盡之。有恐，奔告其妻，且尤之曰：「我如厠，須一婢相送，爾適固拒，果遇妖怪！」婦猶不信，乃同觀之。有坐厠，怪又見，奪餘一鞋咀之。妻恐，扶有還。他日，有至後院，怪又見，語有：「吾歸爾鞋。」因投其鞋。有懼不敢拾，因倉皇返舍，以怖成痼疾而卒。

高密令女

高密王蕁，少美豐彩。嘗日晚倚門，見一婦人從西來將入郭，姿色殊絕，年可十八九。明日出門，又見之。如此數四，日暮輒來。王戲問之曰：「家在何處，暮來此？」女笑曰：「兒家近在南崗，有事須至郭耳。」王試挑之，女遂欣然，因留宿，甚相親狎。明旦辭去。數夜輒一來，後乃夜夜來宿。

王謂女曰：「家既近，許相過否？」答曰：「家甚陋，不堪延客。且與亡兄遺女同居，不能無嫌疑耳。」王遂信之，寵念轉密。左右一婢，亦有美貌，常以自隨其後，雖在晝日亦復不去。王問曰：「兄女得無相望乎？」答曰：「何須強預他事如此！」後一夜來，色甚不悅，啼泣而已。王問之，曰：「兒本前高密令女，卒殯於此。今家迎喪，明日當去。」王既愛念，不復嫌忌，乃便悲惋，問：「明日當至何時？」曰：「日暮耳。」明日臨別，女以一金縷玉杯及玉環一雙留贈，王以繡衣答之，揮淚而別。

王於南崗視之，果有迎喪。發櫬，女顏色不變，粉黛如故，見繡衣一篋在棺中，而失其所佩玉環及金杯。家人方覺有異，王乃前具陳之，兼示之玉環與杯，皆捧之悲泣曰：「女先嫁爲任氏妻，任無行見薄，父母憐念，呼令歸而死。」因問曰：「兄女是誰？」曰：「家中二郎女，十歲病死，亦殯其旁。」婢亦帳中木人也，其貌正與從者相似。王乃臨柩悲泣而别，左右皆傷感。後念之，遂恍惚成疾，久乃方愈，然每思輒忘寢食也。

沈　翁

沈翁者，天目人，名寶。家饒於財，有邸舍數間，納四方過旅。大雪中，一人衣青褐衣投宿，曰：「吾前途值盜，囊資皆罄盡，幸翁憐之。」翁具飯，酌之酒，且曰：「天雨雪，君衣薄甚，得無寒乎？」更爲具衣然火。明日客辭行，復與錢數貫。客曰：「蒙翁厚德，無以報。觀翁色若有不豫然者，其曷故哉？」翁曰：「某老年惟一女，今爲祟侵，臥牀榻耳。遍謁高巫，皆不能禁，故常憂戚。」客曰：「此吾素所習也。」乃爲之結壇禹步，驅其祟，女疾遂愈。翁感其意，留一日乃去。

他日客復來，則戎裝乘馬，持銀笴鎗，從卒負胡牀叵羅，威容甚武，曰：「吾有職於嶽，爲統兵助法將，從爲天心法者捕鬼。翁遇吾厚，故欲翁知之。」寶拜起，烟霧翕然而失。淳熙間事。

楊二官人

中瓦術者楊二官人，遊羣璫門，依之爲課息，故以貲稱。一日，有紫袍者以千錢求筮，曰：「吾妹隸慈福宮，所儲不下萬緡，欲祈某璫取之，筮吉凶云何。」楊曰：「卦得《同人》之九三，其象健，以明有人同焉。然伏戎於莽，財雖有之，而必以詐乃可得也。」自是屢不一占，占必千錢。間與楊共飲，嬉游相樂。

又數日，言：「吾妹已出宮，囊中所攜金珠過萬，君語無毫髮差，可謂通神。」遺以錢幣三千，曰：「是猶未足爲君謝也。」居一二日，復邀出飲，語之曰：「吾妹欲求偶。彼囊中雖富，而年過四十，慮娶者難之。妹欲自見君，以媒爲託。」楊忻然許之。

明日晡後，兩傔以金合至，其中皆名鯖異饌佳果及髹器金卮，信如禁中物。婦人乘肩舁，金翠耀目，紫袍踵其後。楊呼妻女延之，盡出其家白金觴斝相酬酢。夜漸向闌，啟黄封酒，婦自歌以飲，楊及其家下至女奴皆遍酌之。酒下咽，楊見其妻昏然而蹶，須臾舉室闌干僵仆，方趨掖之，而己亦然。紫袍先命其妹升車，取布囊盡掩席間所有，及其妻女首飾，計所直已千餘緡，笑謂楊曰：「以詐得財，信而有證。然以相予之厚，樓上箱笈皆不發取，君自善視之。」方是時，楊心目了然，獨口不能言，身不能運耳。明日，藥氣既消，皆無恙。楊平時以智巧自負，慮貽笑羣紹，不敢聲於賊曹，密與求盜輩跡其人，不復再見。

卷第三

吳江民

吳江縣之北，聚落曰衙浦，民白晝見黃衣卒來逮捕，曰：「官喚汝治殺人事。」民自念未嘗殺人，拒之不可，禱之不聽，遽前捽其胸。回視身仆牀上，方知已死，乃哀叩之，問何事。卒曰：「丈人訟汝殺妻，冥府不可欺，宜以實對。」

洎至官曹，髯官據案坐，皂衣隸雁鶩行立。呼民來前，取婦翁訟牘示之。民不識字，吏爲之讀，言嘗殺三妻，最後者己女也。民曰：「三妻誠有之，然死非殺也。」官曰：「果何如，當直言，此非讕漫所也。」民言長者以瘵亡，次以蠱脹亡，三當丁亥水災，廬舍漂没，無所得食，死於餒耳。民有子六七歲，母亡復繼死。官又問：「汝子何由死？」民曰：「亦以飢疾，問可知也。」吏引三妻洎子至，官三問之，如民言，乃大怒曰：「老物以死誣人，當反坐！」索大械拲婦翁，兩鬼曳往獄中。

遣民歸，過廡下，有青衣人坐誦經，呼曰：「若憶我乎？」民識其比鄰錢道人，以焚死矣，視其臏足有焦灼痕，而其旁金幣山積。錢曰：「平生誦《金剛般若經》，藉經力不墮惡道。然口其文而心有他屬，又不解義趣，故雖富足而不能超昇。」民曰：「若然，何爲死於火？」錢曰：「方春溉田，必取淤泥糞之，殺蠃蚌多矣，能無及此乎？豈特以火死，今猶兩股日被焚灼，但藉經故，痛似可忍，又須臾即休。不然，殺生以一償一，業果不可量也。」

又轉曲廊，列巨釜煮湯，沸涌數尺。卒漉取析骸鋪板木上，水噀，皆起成人，可認者三四人，皆里屠也。相對號泣，言殺業不可追悔，盍語各家爲造經像。

又少進，空庭中縶者甚衆。鄰有兼併善訟伯里者，亦在縶中。與語，莫不應，形狀亦不大了了。疑而叩諸吏，吏曰：「是未死，獨一魂先縶此，他日壽盡，乃案罪耳。」

出門，聞哭聲，蓋已死再宿，心尚暖，故未之斂。猛即其屍，遂活。

蘇文忠公言：儋耳處子死，所見皆儋耳鬼。今此民亦徒見吳江近里死者，豈一方各有治鬼事者耶？自民之生已二三年，鄰之縶者尚存，其豪狡如故。

青陽道士

紹定己丑三月二十八日，臨安天慶館〔一〕客道士青陽某坐逝。丹稜人，常默坐雲堂，不肯出醮祭，亦不歷闤闠中。先一日，語所善者曰：「明日午時天大雷風，汝觀中驚出一佛。」其人笑曰：「汝道士，乃談佛乎？」至期，果澍雨大震雷，視青陽，已坐脱矣。手持一紙卷，有偈曰：「雷聲霹靂，撒手便行。蹤跡混融，萬法皆空。」黄冠能坐脱，不惟未嘗見之，亦前未之聞也。

廣德張王

廬山歸宗寺，往年有偉丈夫，修目美髯，語音如鐘，白氅烏帽，謂主客僧曰：「販米來此，觸熱不可歸，欲借一函席度夏。」僧拒之曰：「僧俗不錯居，況寺亦無閒屋。叢林事矩矱，不與房居等也。空山荒寂，客安寧此哉！」客曰：「我非求安者，於選佛場側得數尺地，可閲《華嚴》足矣。梵宇如許，不能容一老優婆塞耶？」僧不得拒，以

〔一〕「館」，應爲「觀」字之誤。

白主僧。主僧異其人，許之。

客坐夏九十日，清苦過諸比丘，日誦《華嚴》一卷。安居竟，乃辭去，語主僧曰：「吾家廣德軍西門外，姓張氏，家足穀。他日或廩不繼，幸使一化主來。」來歲，寺以歉不入，如其言訪之，行西門外，覓富人張氏，了不可得。寄錫光孝寺，叩主僧。主僧噫嘻曰：「豈非吾郡張王乎？」偕入寺，視後殿偶像，信向客也。焫薌祝之，而夜夢王來，授以治眼方，曰：「吾郡人且苦目疾，師宜留此，以藥施人，勿取直，人自當歲有所酬。」既而滿郡皆目眚，廣德人恃王爲命，日禱祠下。王復夢之曰：「光孝廬山僧，施藥甚神，無以吾爲也。」人就僧乞藥，應手如掃，爭願奉施。僧得錢數百萬以歸。

自是歸宗歲遣化廣德，而施者不厭也。寺刻木像王於僧堂之左，以五戒蒞香火，日易《華嚴》一卷。

余所識禪僧行楷，遍參至歸宗，見寺僧有口吻歘不正者，意其風淫，欲予之藥。僧曰：「非疾，往未削髮時蒞事張王祠，嘗適市得彘肉，不能忍饞，歸易《華嚴》，即罔不自知。去臥寮中，見李太尉持撾立其側，自知犯王所禁，心歉焉，神舉手一指，口隨指傾側，今弗之療，以識吾過。」李太尉者，吾鄉里人，死水，而能神。相傳事張王，張王所至，塑之祠下，今封爲威濟侯云。

廬山神燈

廬山天池峯絕高，曼殊室利菩薩道場也，夜夜有聖燈來供之。楷禪登山，夜見一燈自淮山飛來，須臾變而爲七，七變而爲四十九，又爲百千萬億不可說，彌山遍谷。已乃聯比相屬，有如繡毬者，數珠者，華蓋者，香爐者。一官人號木強，詆之曰：「此妖耳，不然則木石光燄能飛集吾手，乃信其神。」言未脫口，一燈飛來左肱上，紅燄赫然而不熱，摘取之，封寘香奩中。明日啟視，止木葉一片耳。淮山蓋四祖、五祖道場，亦夜有燈垂塔前松楸上。天池燈間亦飛渡江供之。予叩之友禪人，其說不異。

嗣青禪師

嗣青禪師，上饒人，水庵一糙之子。知見明白，叢林歸重。平生無貴賤，皆平揖之。不蓄衣囊，不食常住，不侑客食，不過中食，不衣羅紈，不與人談世諦。當諸老向盡，獨荷擔大法。安參政師湖南，迎致大潙山。舊主者積錢七百萬，青盡散之游僧及近山窮民。知事僧羣諫，師曰：「斂之於彼，歸之於彼，奚爲不可？佛法中僧乃當蓄財耶？」有夢覺堂者，安公鄉人，自蜀來。見幕客及子姪交譽之，安公不勝衆論，使覺來爲代。師出寓邸舍，覺遣侍者以狀邀飯，師書其尾曰：「已非潙山僧，不吃潙山飯。不過兩旬餘，岳州却相見。」不盈月，副寺與勤舊僧爭忿，蹴其脇立死，行者殺火工，斷其首而逸，覺以累入獄。時安公已去，漕使攝郡事，素惡覺，不待獄竟，編置於岳陽，如師言。

其他預記者甚衆，師不自神也。年八十餘，順世於育王，設利如金色珠，彌滿林谷，異香經月不散。

流民餓婦

寶慶丁亥七月十一夜四更，大風起西南，雨如注，屋瓦皆飛。一時頃，風從東北回射，天地震搖，平地水長數尺，百年之木發拔無遺，民居不以高下毀八九，死於水中者不可勝計，岸滸屍如積。是年既無年，餓死者益多。明年春大疫，比屋相枕籍。嘉興、平江、安吉三郡尤甚，被其毒，戶減十五六。烹魚者率從腹中得人指髮。羣從往平江買鯉於市，剖之得人耳，猶懸金璫。

富民子見流民餓婦麄白皙，持粟數斗畀其夫而納之，食以粥，兩日而後能視。夜見天神叱之曰：「此婦當殍死，奈何強食之！不速遣女，貽汝家禍！」富子不忍。翌日神復見怒曰：「弗去，將併疫矣！」俄而婦病，亟屏之，出門即死。

真珠花

魯鋒制幹以事如杭都，晝臥客舍，回視壁有罅，騞然開，闖而視之，人居也。堊壁朱户，美婦褰簾出，與客語如素識，以真珠花畀之，曰：「持此歸，謹藏之，他時相遇合，徵此爲信。」魯愕然，復視壁，無纖隙，花故在手，乃一旱蓮草，已枯萎矣。還家即病，病中視草復爲珠花，病急猶不忍釋手，遂殂。將魯垂死而妄見耶？抑有奇鬼攝之？惜無人問其所遇詳究者。

千金無爲寺

雩城之南諸野寺，千金無爲最雄盛，有房居僧幾二百人，良田千餘頃，相傳王衍捨宅。余嘗爲諸僧言：「王衍，瑯琊人，乃今沂州，去雩數千里，衍平生歷官亦不到江南，不應有宅於此。且衍亡晉而毀節於趙，正使其人尚在，乃義士所唾。真猶不足貴，況必不然。無妄攀援，貽識者笑。」羣僧多不悅余之言。

戊子冬，毀於大火，雨中烈燄自浴室起，瞬息灰燼，尺木不存。先是，有人夢入寺，見兩廡皆大鬼，深目巨喙，甲而豹襜，各執其物，如有所伺。老僧金襴僧伽梨自殿飛空去，鬼皆合掌加額。一神紅袍金冠，從外來，丱女持絳旛從其後。神以鞭指呼羣鬼，繞寺而旋，或牽赤騾至，神乘以行，鬼譟而從之。其人寤，譟聲猶在耳也。凡星居僧無有持戒律，愈富則愈造惡業，蓋聖僧去之，神乃加爇焉。

牛言

里有屠牛者，以賤得牛，喜甚，醉歸臥，使婦飼牛。牛仰視曰：「欲殺我，當亟婦復往殺，何以食爲？」婦驚，而屠至，以牛言告。屠即牛而默然，怒婦紿而批其頰。婦復往罵牛曰：「坐汝故而被笞，汝適言而今默，何也？」牛曰：「吾，汝翁也，坐屠牛故，故爲牛以受屠。吾兒業於是，婦與孫食焉，聞吾言或能廢屠，是我奪吾兒及婦孫食焉，故寧死不言。」婦曰：「若然，何爲爲我言？」曰：「使汝知必報耳。」婦畏屠悍，終不敢復向屠道牛語。夜遂殺牛，婦不肯食牛肉。其夫復問其故，具以告語傳之屠，屠猶不爲改。

屠之頑無足道也，牛易世矣，猶爲子孫計耶？嗚呼，虐取之，掊斂之，深藏之，今之牛比屋也。操是一念以往，豈特一爲牛而已哉！

黄　籙　醮

老子見推於仲尼，蓋亦聖人也。其道本以清淨無爲爲宗，衣冠喪祭，與齊民同。老子之子曰宗，蓋有妻妾矣；而又嘗仕周，其在四民之中亦士耳。特所尚者不同，非於儒之外别有教也。秦漢之言神仙者，其繁如蝟毛，未嘗稱老子，況於三青十極之説哉！祭醮符籙，始於張陵，成於寇謙之。惡其無所本始，乃自託於老子，以神其書，實於老子不相干。老子書言：「有道之國，其鬼不神。」其肯設爲三官九府、仙官將吏以罔民耶！薦亡一門，不在洞玄、洞神、洞真之科，最爲後出，模寫釋氏而不克肖。以佛本不言薦亡，後人設爲之，已自背本教，道士見其利入之厚，因而效焉，蓋又張、寇二師所不道也。

余姻家魯提刑捐館，其子德清知縣繼亡，子舍先作黃籙醮，招蜀人苟生爲高功。苟非黃冠，特以法自名，一凡民也。召魂之夕，旛重垂至地，奏章時，鶴二十餘盤旋壇上，眾駭焉。已醮，提刑冢嗣餘杭宰夢其父來，如平生，而面慍色。拱立叩所以，良久曰：「我死，家乃遽無長幼序耶！子先而父後，禮歟？」驚而寤。省所夢，泣曰：「必爲黃籙故也。」亟營之，復以命苟，鶴來尤多。

余嘗覯丁謂、陳彭年輩爲天書事，每一行禮，必以鶴奏成，至數千鶴，東封時無日無之，故人呼謂「鶴相」，謂必能妖術，不然其徒中亦當有善此者，至王老仔、林靈素輩，真挾左道，不足怪也。余家藏道家法書甚多，有所謂墜旛咒訣，蓋亦幻惑。魯君之夢，特其心不自安爲之耳。

郝隨女

崇寧末年，大閹郝隨之女爲鬼所魅。始見偉男子如將家，自稱舍人，來相挑謔，遂迷罔失常，號呼笑歌，聲及廣陌。或奮梃欲出，十餘人不能制。隨召京師名道士治之。一夕失女，遍城内外，杳不可尋。

月餘，忽在閨中，灑然無恙。問所見，女曰：「始吾家呼法師來，舍人曰：『吾力出漢天師上，是何爲者！』既而見神兵四合，乃嘯呼其徒，至者千餘人，亦皆袛金執鋭，列陣相望。鬨呼其名，蓋多近時戰死將校及赴市強囚也。鬼有韓將軍者，前白舍人曰：『彼軍雖不吾敵，然舍人本爲行樂計，是家一不得志，必再。天下之言法者何可勝計，舍人寧能盡勝之？奈何以此爲戰地耶？舍人當先以夫人歸，我力戰必勝而後反。彼軍縱有脱者，已不知夫人處矣。』舍人撫其背曰：『得良偶，君之功也。』」舍人先與女馳去，韓軍於郝之門。神兵憚韓在後，果不敢追。舍人偕女入一廢祠，旋化爲城郭，臺觀池籞，侈麗不可名。韓將軍以捷歸，獻俘受賞，如人間軍禮。居數日，舍人曰：「吾得美妻，不可不與姻鄰爲禮。」合肆筵召客，客至數人，有緑袍年少，方二十餘，美風度，遷坐近女，諦視之，曰：「郝太尉女耶？中貴人效宮禁塗澤，固加於市人一等矣。」中飲舉酒酌舍人，大言曰：「吾與公爲兄弟，休戚無一不同，今暫易室，可乎？」舍人艴然曰：「吾與公爲兄弟，世乃有以婦爲戲者耶！」緑袍曰：「吾誠欲之，何戲之有！不吾與，即力爭耳。」推案而起，寶玉杯盤皆碎於地。舍人奮然逐之，緑袍戟手去。居一二日，聞金鼓聲遍山谷，甲騎數千，譟於城下。舍人帥師御之，交綏而退。緑袍爲七寨環城，矢石下如雨。韓將軍晝夜拒戰，互有勝負。如是者十餘日，舍人軍事良苦，無得歡悰。韓將軍曰：「賊糧且絕，不能久，請深壁毋戰，俟其飢疲而擊之。我以奇兵邀其後，蔑不勝矣。」會諜報德安公、祆廟石王等助賊兵而資以糧，兵來晝夜不絕。舍人謂女曰：「吾將家兵闢西，復來戰此，自邠州、靈應以西，皆吾與也。欲偕行，恐飛戈流矢不可測，汝還郝氏，澄心正念，求能《楞嚴》神咒者而學之，百鬼不敢近。不然，瞰吾去，或能禍汝。」乃自燔其營，潰圍出，送女至闉而去。女既得反，遂爲比丘尼。不知此曹鬼耶神，殊未可測也。

卷第四

盧仲海叫魂

處士盧仲海與從叔纘客於吳，夜就主人飲，歡甚，大醉。羣賓皆散，而纘大吐，甚困，更深無救者，獨仲海侍之。仲海性孝友，悉篋中藥物以護之。半夜纘亡，仲海悲惶，伺其心尚煖，計無所出，忽思禮有「招魂望反」之文，又先是有方士說招魂之驗，乃大呼纘名，連聲不息。忽蘇而能言，曰：「賴爾救我。」即問其狀，答曰：「我向被數吏引，言郎中遣邀，問其名，乃稱尹。逡巡至宅，門闕甚峻，車馬極盛。引入，尹迎勞曰：『飲適奉迎耳。』乃延入竹亭，亭中皆朱紫，相揖而坐，左右進酒，杯盤羅列，妓樂雲集。我意且洽，都不思行李之事。中宴忽聞爾喚聲，衆樂齊奏，心神已眩，爵行無數，我殆忘之。俄頃又聞爾喚聲且悲，我心惻然，如是數四，請辭。主人苦留，我告以家中有急，主人暫放我來。當或繼授我職事，我向已虛諾。及到此，方知是死。若不呼我，都忘身在此。我殆去也，宛然如夢，今但畏再命，爲之奈何？」仲海曰：「情之至隱，復何可行。前事既驗，當復執意耳。」因焚香誦咒以備之。

言語之際，忽然又殁。仲海又呼之，聲且哀厲急切，直至欲明方蘇，曰：「還賴爾喚聲。我向復飲，至酣暢，坐寮徑醉。主人方敕文牒授我職，聞爾喚聲哀厲，依前惻怛。主人訝我不怡，我又暫乞歸再三。主人笑曰：『大奇。』遂放我來。今去留未訣，雞鳴將興，陰陽向息。又聞鬼神不越疆，吾與爾逃之可乎？」仲海曰：「上計也。」即具舟倍道併行而愈。

骷髏囊

太原王垂與盧收友善，嘗乘舟商於淮浙，至石門驛旁，見一婦人立樹下，容色殊麗，負一錦囊。乃弭棹伺之，婦人果問曰：「船何適？可容寄載否？妾夫病在嘉興，今欲看之，足痛不能行。」二人曰：「諾。」遂攜囊而上，居船之首。

垂善鼓琴，以琴挑之，婦人粲然。既而稍親合，其語諧慧，辨不可言。是夕與垂會船前，收竊嘆慕。夜深，收探囊中物視之，滿囊骷髏耳。收大駭，知是鬼矣，而無因達垂。既而天明，婦人暫登厓。收告垂，大懾曰：「計將安出？」收曰：「宜伏簀下。」如其言。

頃閒婦人來，問王垂安在，收紿之曰：「適上岸矣。」婦人乃委收而追垂。於是棄囊於岸，併棹倍行數十里外，不見來，夜藏船鬧處。半夜，婦人直至船中，婦人頭白，面有血腥，穢不可言，乃拽垂頭咬垂。二人因大呼，眾船皆助逐，失婦人所在。明日得紙梳一枚於席上。垂數月而卒。

佛像出珠

張忠定公詠，性好學佛。守蜀成都日，早起誦《金剛經》一週，乃出理事，暮則靜習禪。凡蜀僧有戒行能講誦者，皆賓致之。一日過淨惠寺，焚香罷，適新造釋迦佛像出金色珠，滿佛身及華座，璀璨奪目，取已復生，不可勝計。忠定亦得數百顆以歸，爲之作贊，文甚偉麗。

處州鮑粹然知府家香木觀音像，傳世已久，一日，供牖上有浮動而光明者，察之，五色珠也。發龕，則山巖、淨瓶、華臺之上纍纍相屬，大者如芡，細者如粟，匀圓可愛。忠定篤志學佛，忠誼動天壤，宜見此瑞。鮑不甚留意内學，豈菩薩以此警之耶？鮑公死，侍姬散，有崔氏者爲余道之。

長橋卜者

朝天門綵帛鋪傅生，春日獨游，見長橋坐而卜者，方倦行，戲即之，以五行問。其人曰：「君命絕不佳，必以刑死。他未暇言，今當憂官事，事絕近。」傅不樂，起度橋，未至圯下，回顧，已無見矣。心惡之，入青波門，踐果核而跌，觸貴家壘墮地。擔者云云，傅方被酒，反詈之，併及其主。執赴官，得杖以歸。

數日，夜聞扣門聲甚武，僕不肯啟，扣門者曰：「我有藥，欲爲三官人療瘡。汝不入言，欲困乃主耶！」僕言之，傅命之入，乃前日橋上卜者也，將一藥置几上，曰：「以傅瘡即瘥。」傅顧謝間，忽失之，視藥，乃狗糞耳，遂絕，痛不可忍。卜之，曰：「魈爲祟。祭禜，久乃愈。傅騃豎子，不能家，家寖衰，□於四聖延祥觀，今不知何如。

陶小娘子

都民質庫樊生，與其徒李游湖上某寺閣，得女子履，絕弓小，中有片紙曰：「妾擇對者也，有姻議者，可訪王老娘問之。」樊生少年，心方蕩，得之若狂，莫知其何人。他時過昇陽宮庫前，聞兩嫗踵其後相語笑，多道「王老娘」。伺其入茶肆，亦往焉。兩嫗謂瀹茶僕曰：「王老娘在乎？」曰：「在。」「爲我道欲見。」僕自後呼一嫗出，四五十矣。兩嫗迎語之曰：「陶小娘子遣我問親事何如。」王曰：「未得當人意者。且彼自以鞋約，得鞋者諧之。」樊大喜，伺兩嫗去，獨呼飲王嫗，言：「鞋乃我得之，陶今安在？嫗果能副吾事否？」嫗咤曰：「天合也！彼生二十有二年矣，張郡王之嬖也。郡王死時方十七八，出求偶已四年矣，無當其意者，故不嫁。至今奩中所有萬緡，君少年而家富，契彼所欲，然必令一見乃可。」約以明日會某氏酒肆中。

樊生如期往顧之。嫗走而先，四夫舁一轎，一女奴從其後，褰簾出揖，粲然麗人，目所未見。飲至暮，語寖褻狎。嫗以他故出，女遂與樊亂，不肯復去。樊生父甚嚴，以野合不敢攜女歸，有貯貨屋在後市街，女已知之，自呼車與女奴偕往。樊生不獲已，乃從之，相挽登樓，坐昇夫於門。

守舍傭見其人衣紙衣，驚呼失聲，四夫皆没，樊生坐樓上，不知也。中夜樊歸，傭途送之，道所見，猶不之信。旦日傭燂湯登樓，視婢乃一枯骸，女在牀，自腰以下中斷而異處，亟走報樊父。父往驗之，則蕩然空室，無復存者。

鬼乃入其家，即子舍塗抹，出拜舅姑，上續命物，真若新婦。樊惟一子，憂之，訪善法者。或言賣爊贏張生考召有驗，呼治之，女子無畏色，出語曰：「我良家子，方有姻議，而彼遽姦污我於酒肆中，若謂此誰之罪？今不居此，將安歸？」張爲之勸解久之，乃曰：「去易耳，然吾終不置此人。」遂爲旋風而滅。

月餘，樊與李游嘉會門外，李以酒忤省史趙生，趙生欲苦之，樊與併遁，不敢由故道，乃登慈雲嶺，繞入錢湖門中。嶺雨暴至，舍小人家。主人母白服出迎，曰：「顧六妻也，夫死未盈月。」日暝雨甚，主人母以榻處二客，曰：「昇陽宮前酒，唯飲王老娘，今急乃投我。」李謂樊曰：「彼何自知之？得非亦鬼乎！」懼不敢寐。

中夜聞扣門聲，呼顧六甚急。二生窺見皂衣卒，自靈牀上曳老叟去，回語嫗善視二客，勿使去。樊、李益恐，相攜自後戶而逸。望荒丘中燈燭森列，緑袍人據案決事，鬼吏擁顧六翁媼在旁，又有麗女，鬼卒守之，腰腹中絕，以綫縫綴而不甚相屬，蓋陶小娘子也。

二生疾走里餘，聞宿舂聲，人家燈光自隙出，投之。扣主人姓名，曰雍三，鬻餅者，方擣粉耳。爲言所遇之怪，雍笑而不答。喘未定，四夫與陶小娘子并王老娘、顧六等坌集。樊、李奮臂肆擊，力不勝而仆，羣鬼將甘心焉。俄而殿前司某統制趨衙從卒百許人，呵殿至，羣鬼皆捨去。統制聞草中呻吟，命下視之，見樊、李已昏不知人。數卒挾扶，就湯肆噀治，門開，呼徼者送之歸。

異時訪鬼所起，則陶小娘子信張氏之嬖，以外淫爲主所殺，中腰一劍而斷。王老娘居新門外，亦以姦被戕。顧六翁嫗、雍三皆嶺邊新瘞者也。此度是紹興末年事，余近聞之。

石獅妖

《夷堅癸志》載趙祖堅〔一〕以法治魈，言物之無情者不能爲精，皆妖憑之。故久於

〔一〕「趙祖堅」，原本作「祖趙堅」，據《夷堅志支乙》卷四「譚真人」條改。該條言及《癸志》云云，按《癸志》已佚，本書所言「以法治魈」事無考。

魈者，其魁配爲某精，若帚、杵之類。此理良是，蓋子野對石言之遺意也。

有富民妾，孕不成子，每産皆多怪禽異物，狀不肖人類，間一似人，則角其首，翼其腋，或身無膚。其家大怪之，雖禱禬不輟，然不識其由。有游僧過門，嘖曰：「是家多妖。能信我，當相爲除之。」主人問焉，僧曰：「而家産則得怪物、孕則得異夢乎？」因指石斲獅子曰：「此其彪也。」爲之誦咒，呼工鑿目斬趾而去。後遂安妥，連得丈夫子。予謂石無知，不能神，是亦有憑焉爾。

十王寄庫

知見所不及，當以佛言爲信，佛所不道，決無是也。佛言琰魔羅蓋主捺落迦者，止一琰魔羅王耳。閻羅蓋琰魔羅之訛也。餘十八王見於《阿含》等經，名皆梵語。王主一獄，乃閻羅僚屬，義不得差肩。十王之説，不知起於何時。

佛所舉三千大千世界，素訶其一，今所居贍部，特素訶之一洲，極東南際，於一世界不啻於太倉之稊米、泰山直微塵耳。閻羅蓋指一素訶世界言之，其統攝大矣，泰山柰何亦以王號，與之敵體哉！轉輪王王四天下，蓋人而幾於天者，亦非主冥道，乃概列於十王。其餘名號，如宋帝、五官之類，皆無所稽據。又七七日而所歷者七王，自小祥以後，二年乃僅經二王，抑何疏密之懸絕耶！當是僧徒爲此以惑愚民耳。

杭有楊嫗，信庸僧寄庫之説，月爲一竹簍，寓寘金銀而焚之，付判官掌之，判官者取十二支之肖似爲姓，如寅生則黄判官，丑爲田，未爲朱，亥爲袁，卯爲柳，戌爲成之類。所謂十王者，亦歲有賂。久而嫗死，女夢其來如平生，衣飾十倍生時，自言：「我富不可勝計，但積資而無人守之，當多爲明器惠我。」與女游大官府，望殿上十人環坐，儀衛尊嚴，曰：「此十王也。我以生前功德故，能出入其後宫。」又曰：「近以萬緡買宅，行將遷矣。」女請觀之，則以女未當死，不可往，遂寤。

識者多不然之。余曰：無怪，世界依妄而立，本所無而想之，立見於前矣。彼嫗平生持妄心，死宜妄見；女習其母之妄，一念適與妄會耳。十王寄庫之有無，則不待智者而後知。

鬼迷人

幹者沈暹，十歲兒忽不見。後兩日，聞船板下有聲，發視之，兒在焉，昏不能語。

湯熨半日，乃能道所見：兩鬼青巾黄袍，導使游戲，將擁寘水中。忽有白衣人，長身多髯，與鬼鬥，勝之，負以入舟，乃得免。方是時，舟板櫛比牢密，又加鎖焉，不知兒何以能入也。

裴潢陸明之子，年十八九，見人家焚楮泉祭殤鬼，過其傍，即覺罔罔不自制。當前一持蓋者，自腰以上可辨，時回顧與語，遂踵之以行。歷村墅十餘，日夜行不輟，亦不覺飢渴。其家散求之數日，或言其在三十里外，得之於橋上，猶行不已。人來益多，持蓋者乃没。

予族人侍其父飲別墅，忽有黄衣卒拱而趨，引之入池水中，幾溺。適有見者，救之得免。方其入水時，視猶陸也。三人者僅脱鬼手耳。

轉世爲貓

杭優眼大郎病，夢人持文衾覆之，自首至足，束而加縻，力拒不可，魘而寤。病日甚，遂死。死數日，見夢於其家曰：「前夢文衾爲大不祥，今生爲貓，黄質而黑章，在沙皮巷某人家。」子往視而俯泣，白所以，欲買歸，貓主不肯。或名呼之，則仰視而俯膺。

其　二

南上庫妓魁李都惜，妹宜姊，十四歲死。乳媪夢其來，泣訴曰：「不幸夭，又不得復爲人，今在竹柵酒肆中。生好華，今亦衣斑也。幸憐我，爲營佛果。」未之信，其明日女兄復夢。試求之，則前夕貍奴生數子，果有斑者。以千錢贖之，仍招律師施三聚戒，戒終而貓死。他日乳媪復夢曰：「今幸得爲人，生王氏，然以宿業未脱倡類也。」

小　棺

都民鄭生居中瓦南，爲京果肆。次子娶婦，三日大合客。客有見燭光上人物長數寸者十餘輩，負一小棺迴旋而行。指以示人，人皆見之，莫不愕然，獨鄭老無覩也。須臾滅没，乃有白蝶數十，繞屋而飛。鄭老不樂，罷酒，意非吉證。又兩日，呼道士設醮禳之。畢事，焚楮泉，回風飄火著屋楣上，烈焰隨起，相對賣線家植兩竿於門，不知火從何來，對然如炬，遂延燒百餘家，鄭老以焚死。

陳生

嘉定戊寅春，余在都，友人林亭之之婦翁承務丘君爲余言：越有陳生，丘爲隱其名。外謹而内宕，好挑譃良家女婦，尤爲粗行諸尼所奔。一尼嘗孕生男，抱之水中而殺之。未幾，陳生病沈困，見壁隙中有自外入者，猴而人衣，曰：「幽府逮汝。」陳生曰：「符安在？」猴曰：「安用符，不符豈不可追汝乎！」陳罵曰：「幽明一理，果追我，安得無驗！他鬼假託求食耳。且陰府何至乏人而使猴！」猴呼土地神與竈神：「某案急速，故不暇符。今此人不吾信，爾二人偕送至關可乎？」二神曰：「諾。」猴升榻，捽陳生魂自臍中出，二人輔行中逵而反。

陳獨與猴入大城官府中，殿上垂簾帟幕皆黑質而白繡。由左廡過小廳事，朱緑數人聚坐，如人間都廳，呼陳生曰：「爾平生淫罪如沙塵，又污比丘尼。彼尼雖非淨行，然號則不可，又因以殺子，今將何辭！」陳以旁無左驗，力諱曰無有。官曰：「此非若人間，可以口舌漫爛也。」命吏曳入一小室，吏曰：「爾諱晦，宜自視之。」陳生視室中，見尼娩於牀，推兒在壺中，婢酌水沃兒，自見其身以手指麾，使婢益水而力擠之，曰：「毋使兒有聲。」乃大震恐，扣頭謂吏曰：「服矣。」吏持生出，官命以狀對。

忽有紫衣神僧，振錫自空而下，坐者皆起合掌。僧曰：「陳某禄算皆未盡，又嘗倡率曝經會，薄有善業，姑遣還何如？」衆曰：「唯菩薩命。」僧呼陳生戒之曰：「爾污尼殺子惡隱，世不知，宜自發露，鏤版書幽府所見，使來者知戒，汝罪亦減矣。冥報正欲以警世言，天機不可泄者妄也。」以錫擊其首，霍然而醒，汗流如洗，疾遂愈。逢人輒自狀其過。丘蓋親聞之，方將鋟木也。此僧具大慈悲，豈所謂地藏菩薩者耶？

卷第五

裴端夫

溫州人陳，忘其名。知華亭縣，以裴端夫爲客。至之明日，午夜被酒，起坐紗幬中。庭下昏月朣朧，緑衣小童歷階而升，盡其等，展謁曰：「某官祇候。」端夫欲下牀攬衣，而其人已徑前矣。一緋衣，二緑衣，皆襆頭秉簡，當階旅揖而去，不吐一辭。端夫雖驚畏，然念爲人師，且適抵此，柰何張鬼事，閟不言。

明日方篝燈，童復來云：「某官傳語，恐驚教授，不敢數進。見令小娘子來道萬福。」一丱女十餘歲，紅衣黃裳，珠琲滿頭，跪揖而去。自此朱緑者無復見，而童間攜女來戲劇。端夫問女何人，曰：「緋衣爹爹，緑衣叔叔也，媽媽、姐姐、養娘妳妳輩三四十口，在宅堂後，避嫌不敢相見，都教傳語先生，問何姓何官。」女曰：「奴奴小孩兒，都不理會得。」

月餘，端夫猶不以語陳君。他日，陳招飲，女將一數歲兒翳身屏後揶揄之。端夫顧笑，陳力扣詰，乃言其狀。陳怒，厲聲叱之，兒驚而啼，女頗怒曰：「我去說與爹爹！」未終飲，報爨婢發狂疾。陳與端夫偕入視之，婢攜巨柴出，欲擊人，厲聲謂陳曰：「汝不憂官失妻死，乃猶木強耶！」言皆成文。陳使數卒力制之，以縣印遍印其身，將曉乃定。明日復憑他婢，婢若爲人所縛，懸立虛空中，不食者兩日。陳遍召持法者治之，略無驗。端夫爲焚香講解之，婢乃曰：「爲先生故，且去。」後罵我，血汝族！」陳以宅堂不可居，徙於倉中。未幾，內子卒焉。又月餘，陳竟以臺劾罷。將行，童持謁謁端夫，云：「某官辭。」朱緑衣復出揖，端夫欲延坐問，已無見矣。端夫恃爲鬼所敬，意必遠大，自華亭歸數年，乃客死京下。端夫趣尚頗高，能爲詩，終於布衣，可惜也。端夫自作傳示余甚詳，今獨記其梗槩如此。

周寶劫案

十四弦，胡樂也，江南舊無之。淳熙間，木工周寶以小商販易安豐場，得其製於敵中，始以獻羣閹，遂盛行。寶有巧思，久商於淮，多與羣盜壯士相識。後歸，事閹尹林御藥，委以腹心。

淳熙十四年秋，他閣介術者來，林御藥以親舊廝役命雜試之，言驗如指掌。至周寶，曰：「此囚也，不踰歲當以刑死。」林御藥信之，呼寶來語之曰：「我出入禁省，事當畏謹，設不幸而中，寧不累我？汝姑歸治素業，遲歲月復來。」

寶含恨去。久佚不能復勞，又驟貧，鬱鬱繞西湖而行。過赤山，見軍人取質衣於肆，爲緡錢十餘所，欠者六錢，而肆主必欲得之，相訴駡。寶爲之解紛，視篋中才餘五錢，爲代償，而主者又必欲得一錢。寶亦大恨怒。傍人相與嘆訝曰：「此所謂閔一郎也，其人以不誼致富，虐取一方，人恨不膾其肉！」寶失聲曰：「使在淮上，爲壯士所虀粉久矣。浙民懦容，養惡奴至此。」傍有人曰：「寧知此無壯士！」蓋所謂李勝，勝善騎射，軍中號李旗兒，方客殿司統制吳曦家，教其子弟弓馬，相率草飲。勝謂寶：「此家不可容君，盍往淮滸結壯士掠之！」寶心躍如，即日行。

渡江自建康至廬，見陸才，告之故。才曰：「此輦轂下也，其可哉？」寶論說不已，才計寶恨怒，恐他日敗，必汙已，乃以二十券與之，好謂曰：「二十四郎獨可販藥耳，然當往見林姑丈，問藥所自。」林姑丈者，安豐林青也，素爲盜橐，才實賣寶於青，而不肯明言之。

寶至安豐，以事語青，青曰：「此有彭八、繆興國、王孝忠，皆健兒也，久不過北界，困悴無憀，我爲君率之以行。」既召之，三人皆曰：「非古三官人莫能集事，我一夫耳，無以爲也。」又兩日，得古訓於北盧塘。訓曰：「千里行劫，勢無達理。又在京輦，真探虎穴，虎子不得，必碎於虎口矣。」衆強之，訓拒益堅。興國與孝忠怒，拔刀曰：「始約爲兄弟，死生以之，今困於此，幸有機，便待此甦且暮，兄復拒之，寧有兄弟情耶！我將自殺，以血濺兄長衣矣！」訓迫不得已，乃曰：「城内乎？城外乎？」寶曰：「城外也。」「去城幾何？」曰：「十里。」訓曰：「我聞赤山有攢宮，去此幾里乎？」曰：「亦十里。」「果爾，當以狀來。」寶書付之，乃皆南。

訓與興國、孝忠自京口舟行，寶、林青、彭八自建康宣城陸行，會於北關。寶先販藥，時嘗倩顧八船往來，多與之貲，使匿稅，又時商客雜沓，顧八不以爲怪也。至是亦用之，謂曰：「我與數布客欲偕往淮南市藥，不欲晝行，夜分當集於舟。俟我來，即疾出臨安界，必倍酬汝。」顧艤舟新橋以待。

時十二月初，天大風雪，古訓先使寶扣赤山城西巡檢寨門，呼之曰：「大理寺有所捕，事甚密，可以十卒待於門，不得妄出，事畢當呼爾曹衛送入城。」訓臂弓挾四矢立閔氏門，竇以斧抉扉而入，訓射著鄰戶上，使有聲，曰：「我步軍司人也，一軍苦統制虐，相率叛去，欲往浙東，無裹糧，匄於閔氏。事不預君，若有強起或喧呼者，我必盡屠之。」赤山之人素聞其統制虐，疑必軍變，勢不可敵，又素惡閔，皆閉戶無出者。訓始與眾誓：毋殺人，毋姦汙女婦。既而林青縛閔生於木几上，寘刀其頸，累欲殺之。訓苦禁乃免。閔妻中官養女，素號有色，竇欲淫之。訓怒，拔刀將斬竇。竇憚訓而退。閔驚懼如癡醉人。

天將明，邏者見門扉不完，呼其僕，則僕縶於竈下，家人皆扃閉樓上，方股栗不能言。旋解縛言於府，府以付使臣朱直卿。直卿與其儕言之，總轄杭世亨曰：「江南鼠偷，皆無禮淫殺，此必淮人也。」直卿視盜所遺，得斧刃細竹縛爲火燧者半枚，寘篋中，行以自隨。尹督之急，直卿惶惑無計。

月餘，姻家蘇生邀與市飲，請出其物觀之，因曰：「前往某家紙鋪中，見周竇買寓錢，遺細竹一束，正此類耶？今猶收得之。」命取諸其家，視燧所遺無異也。直卿固知竇有母寓鹽橋賣竹篦人家，僞爲林御藥人往訪之。母以出告，上樓，俟飯頃，母歸，而執之曰：「竇安在？」曰：「竇昨過臨平訪周來吉，計明旦且當還邸。」蓋周與竇有外親，周有姻會，故竇過之，而竇之邸在武林門外之陳酒家也。直卿與其儕商略，即之臨平捕竇。未至二十里餘，竇適旋，縛以獻府。拷訊再三，始述其事，於是械竇於獄，遣直卿輩往安豐捕諸寇，閱月而彭八、興國、孝忠皆就縛。既而竇等咸論棄市，術者之言可謂精而審矣。獨古訓逸去，終莫能得。

常夷鬼友

建康常夷，字叔通，博覽經典，雅有文藝，性耿介清直，以世業自高。家近清溪，嘗晝日獨坐，有黃衫小兒齎書直至閣前，曰：「朱秀才相聞。」夷未嘗識也，甚怪之，始發其書，云：「吳郡秀才朱均白常高士。」書中悉非生人語，大抵「家近在西岡，幸爲善鄰，思奉顏色」。末有一詩，具陳云：「平生游城郭，殂歿委荒榛。自我辭人世，不知秋與春。牛羊久來牧，松柏幾成薪。分絕車馬好，甘隨狐兔羣。何知清風至，君子幸爲鄰。烈烈盛名德，依依佇良賓。千年何旦暮，一至動人神。喬木如在望，通衢良易遵。高門儻無隔，何與析龍津。」其紙墨皆故弊。

常夷以感契殊深，嘆異久之，乃爲答書，殷勤切至，仍直尅期，請與相見。既去，令隨視之，至舍西一里許，入古墳中。至期，夷爲具酒果。須臾，聞扣門小兒云：「朱秀才來謁。」夷束帶出迎。秀才著角巾，葛單衣，曳屣，可年三十許，風度閑和，雅有清致。與相勞苦，秀才曰：「僕梁朝時本州舉秀才高第，屬四方多難，遂無宦情，屏居求志。陳永定末，終此地。久處泉壤，常欽風味，幽明路絶，遂廢將迎。幸因良會，大君子不見嫌棄，得申鬱積，何樂如之！」夷答曰：「僕以暗劣，不意冥靈所在咫尺，久闕承稟。幸蒙殊顧，欣感實多。」因就坐，噉果飲酒，問其梁陳間事，歷歷分明。自云朱异從子，説异事武帝恩幸無匹，帝有織成金縷屏風、珊瑚鈿玉柄麈尾、林邑所獻七寶澡瓶、沈香鏤枕，皆帝所祕惜，嘗於承雲殿講竟，悉將以賜异。昭明太子薨時，有白霧四塞。葬時，玄鵠四雙，翔遶陵上，徘徊悲鳴，葬畢乃去。元帝一目失明，深忌諱之，爲湘東王鎮荆州，嘗使博士講《論語》，至「子見瞽者，必變色」語不爲隱，帝大怒，乃酖殺之。又嘗破北虜，手斬一裨將。于謹破江陵，帝見害時，行刀者乃其子也。沈約母拜建昌太夫人，時帝使散騎侍郎就家讀策，授印綬，自僕射何敬容已下數百人就門拜賀。宋梁已來，命婦未有其榮。庾肩吾少事陶先生，頗多藝術。嘗盛夏會客，向空大噓氣，盡成雪，又禁諸器物悉住空中。簡文帝詔襄陽造鳳林寺，少利柱木未致，津吏於江中獲一樟木，正與諸柱相符。帝性至孝，居丁貴嬪喪，涕泣不絕，臥痛潰爛，面盡生瘡。侯景陷臺城，城中水米隔絕，武帝既敕進粥，宮中無米，於黃門布囊中齎得四升，食盡，遂絕所求，不給而崩。景得梁人，爲長架，悉的其頭，命軍士以三投矢亂射殺之，雖衣冠貴人亦無異也。陳武帝既殺王僧辯，天下大雨百餘日。又說陳武微時，家甚貧，爲人傭保以自給。嘗盜取長城豪富包氏池中魚，擒得，以檐竿繫，甚困。即阼後，滅包氏。此皆史所脱遺，事類甚多，不可悉載。

後數相來往，談宴賦詩，才甚清舉，遂成密交。夷家有吉凶，皆預報之。後夷病甚，秀才謂曰：「司命追君爲長史，吾亦預求察，此職甚重，尤難其選，冥中貴盛無比。生人會當有死，縱復強延數年，何似居此地？君當勿辭也。」夷遂欣然不加藥療，數日而卒。

唐　晅

唐晅，晉昌人也。其姑適張恭，即安定張軌之後，隱居滑州衛南，縣人多重之。有子三人，俱進士擢第。女三人，長適辛氏，次適梁氏，小女姑鍾愛，習以詩禮，頗有令德，父亡，哀毀過禮。晅常慕之，及終制，乃娶焉，而留之衛南莊。

晅以故入洛，累月不得歸，夜宿主人，夢其妻隔花泣，俄而窺井笑。及覺，心惡之。明日就卜者問，曰：「隔花泣者，顔隨風而謝；窺井笑者，喜於泉路也。」居數日，果有凶信。晅悲慟倍常。

後數歲，方得歸衛南，追其陳迹，感而賦詩曰：「寢室悲長簟，妝樓泣鏡臺。獨悲桃李節，不共夜泉開。魂兮若有感，髣髴夢中來。」又曰：「常時華堂靜，笑語度更籌。夜甋人事改，冥寞委荒丘。陽原歌薤露，陰壑棹藏舟。清夜妝臺月，空想畫眉愁。」

是夕風露清虛，晅耿嘆不寐，更深，悲吟前悼亡詩。忽聞暗中若泣聲，初遠漸近。晅驚惻，覺有異，乃祝之曰：「倘是十娘子之靈，何恡一言敘也。勿以幽冥隔礙宿昔之愛。」須臾聞言曰：「兒即張氏也。聞君悲吟相念，雖處陰冥，實所愴惻。媿君誠心，不以沈魂可棄，每所記念，是以此夕與君相聞。」晅驚歎流涕，嗚咽曰：「在心之事，卒難申敘，然須得一見顔色不恨。」張答曰：「隱顯道隔，相見殊難，亦慮君有疑心，妾非不欲盡也。」晅詞益懇，誓無疑貳。

俄而聞喚羅敷，先出前拜言：「娘子欲得暫相止，與七郎相見。」晅問羅敷曰：「我典汝與仙州康家，聞汝已於康家死矣，今何得在此？」答曰：「被娘子贖來，今看阿美。」阿美即晅之亡女也，晅又惻然。須臾，命燈燭，立於阼階之北。晅趨前泣而拜，妻答拜。晅乃執手敘以平生，妻亦流涕謂晅曰：「陰陽道隔，與君久別，雖冥寞無據，至於相思，嘗不去心。今六合之日，冥官感君誠懇，放兒暫來。千年一遇，悲喜兼集。又美娘小，囑付無人，今夕何夕，再遂年款。」晅乃令家人列拜起居，徙燈入室，施布帷帳，不肯先坐，乃曰：「陰陽尊卑，以生人爲貴，君可先坐。」晅即如言。笑謂晅曰：「君情既不易平生，然聞已再婚。君新人在淮南，吾亦知甚平善。」

因語：「人生修短，固有定乎？」答曰：「必定矣。」又問：「佛與道孰是非？」答曰：「同源異派耳。別有太極仙品總靈之司，出有入無之化，其道大哉。其餘一如人間所說。今不合具言，彼此爲累。」晅懼，不敢復問。因問：「欲何膳？」答曰：「冥中珍羞亦備，惟無漿水，粥不可致耳。」晅即命備之。既至，索別器攤之而食，向口如盡。及徹之，粥宛然，晅悉飯其從者。有老嫗不肯同坐，妻曰：「倚是舊人，不同羣小。」謂晅曰：「此是紫菊妳，豈不識耶？」晅方記念，别席飯。其餘侍者，晅多不識，聞呼名字，乃是晅從京廻日，多剪紙人奴婢所題之名。問妻，妻曰：「皆君所與者。」乃知錢財奴婢，無不得也。妻曰：「往日嘗弄一金鈒鏤合子，藏於堂屋西北斗拱中，無人知處。」晅取，果得。

又曰：「豈不欲見美娘乎？今已長成。」晅曰：「美娘亡時襁褓，地下豈受歲乎？」答曰：「無異也。」須臾美娘至，可五六歲，晅撫之而泣。妻曰：「莫抱驚兒。」羅敷却抱，忽不見。晅命下簾帷，申繾綣，宛如生，但覺手足呼吸冷耳。

又問：「冥中歸何處？」答曰：「在舅姑右。」晅曰：「娘子神靈如是，何不還返生。」答曰：「人死之後，魂魄異處，皆有所録，杳不關形骸也。君何不驗夢中，安能記其身也？兒亡之後，都不記死時，亦不知殯葬之處，錢財奴婢，君與則知，至如形骸，實總不管。」

既而綢繆夜深，晅曰：「同穴不遠矣。」妻曰：「曾聞合葬之禮，蓋同形骸，至精神，實都不見，何煩此言也。」晅曰：「婦人没地下，亦有再適乎？」答曰：「死生同流，貞邪各異。且兒亡，堂上欲奪兒志，嫁與北庭鄭乾觀姪明遠，兒誓志確然，上下矜憫，得免。」晅聞憮然感懷，而贈詩曰：「嶧陽桐半死，延津劍一沈。如何宿昔內，空負百年心。」妻曰：「方見君情，輒欲留答，可乎？」晅曰：「曩日不屬文，何以爲詞？」妻曰：「文詞素慕，慮君嫌猜，而不爲此。言志之事，今夕何害？」遂裂帶題詩曰：「不分殊幽顯，那堪異古今。陰陽途自隔，聚散兩難心。」又曰：「蘭堦兔月斜，銀燭半含花。自憐長夜客，泉路以爲家。」晅含涕吟諷，悲喜之間，不覺天明。

須臾聞扣門聲，言公婆使丹參傳語，令催新婦，恐天明冥司督責。妻泣而起，與晅訣別。晅修啟狀以附之，整衣聞香郁然，不與世同，問：「此香何方得？」答言：「韓壽餘香，兒來堂上見賜。」晅執手曰：「何時再一見？」答曰：「四十年耳。」留一羅帛子，與晅收之爲念。晅答一金鈿合子，即曰：「前途日限，不可久留，自非四十年內，若於墓祭祀，都無益。必有相饗，但於月盡日，黃昏時，於野田中，或於河畔，呼名字，兒盡得也。怱怱不果久語，願自愛。」言訖，登車前去，揚袂久之方滅。舉家皆見，事在唐晅手記中。

鬼借宅

廬陵有賈人田達誠，富於財，頗以周給爲務。治第新成，有夜扣門者，就視無人。如是再三，因呼問之：「爲人耶鬼？」良久乃答曰：「實非人也。比居龍泉，舍爲暴水所毁，求寄君家，治舍畢乃去耳。」達誠不許，曰：「人豈可與鬼同居耶？」對曰：「暫寄居耳，無害於君。且以君氣誼聞於鄉里，故告耳。」達誠許之。因曰：「當止我何所？」達誠曰：「惟有廳事耳。」即拜辭而去。

數日復來，曰：「吾家已至廳事，亦無妨君賓客，然可嚴整家人慎火，萬一不意，或當云吾等所爲也。」達誠亦虚其廳以奉之。達誠嘗爲詩，鬼忽空中言曰：「君乃能詩邪？吾亦嘗好之，可唱和乎？」達誠即具酒置紙筆於前，談論無所不至。衆目視之，酒與紙筆儼然不動，試暫回顧，則酒已盡，字已著紙矣。前後數十篇，皆有意義，筆迹勁健作柳體。或問其姓字，曰：「吾倘言之，將不益於主人，可詩以寄言之。」乃賦詩云：「天然與我一靈通，還與人間事不同。要識吾家真姓字，天地南頭一點紅。」衆亦不諭也。

一日復告曰：「吾有少子婚樟樹神女，將以某日成禮，復欲借君後堂三日，以終君大惠，可乎？」達誠亦虛其堂，以幕圍之。三日復謝曰：「吾事訖矣，還君此堂，主人之恩，可謂至矣。然君家老婢某，可笞一百也。」達誠辭謝，召婢笞數下。鬼曰：「使之知過可止矣。」達誠徐問其婢，言曾穴幕竊視，見賓客男女、廚膳花燭，與人間不殊。

後歲餘，乃辭謝而去。達誠以事至廣陵，久之不歸，其家憂之。鬼復至，曰：「君家憂主人耶？吾將省之。」明日還，曰：「主人在揚子，甚無恙，行當歸矣。新納一妾，與之同寢，吾燒其帳後幅以戲之爾。」大笑而去。達誠歸，問其事皆同。後至龍泉訪其居，亦竟不獲。

《鬼董》五卷，得之毘陵楊道芳家。此祇鈔本，後有小序，零落不能詳。其可考者云「太學生沈」，又云「孝、光時人」，而闕解元之所傳也。喜其敘事整比，雖涉怪而有據，故録置巾笥中，以貽同好。

泰定丙寅清明日臨安錢孚跋

右《鬼董》五卷，不署撰人姓名。據泰定間錢孚跋語，似爲宋孝、光時沈某著，特傳之者闕漢卿耳。考第四卷有「嘉定戊寅，予在都」之語，則其人寧宗時尚存。明蔣一葵《堯山堂外紀》竟以爲關撰者，誤矣。所紀多涉鬼神幻惑之事，宜爲儒者所譏，而勸懲之旨寓焉，予固不敢以無稽目之，復梓以傳，庶幾於世教有少補云。乾隆丙午七月既望，歙鮑廷博識於知不足齋。

夜航船

清·破额山人

序

夜航之名，由來已久，古樂府《夜航曲》是矣。元人曲一作《夜行船》。《中吴紀聞》：夜航船，惟浙西有之，故皮日休有「明朝有物充君信，櫂酒三瓶寄夜航」之句。今吴越間路隔七八十里及百里許者，埠頭必有夜航停泊，以便趁船。黄昏解纜，黎明泊棹，信如潮汐，雖風雨無間也。船中拉雜，不能安睡，勢必促膝互談，刺刺不休，以消長夜。其見棄於有德者，寧止道聽塗説已哉！

善夫朱虬庵云：「近今淺學，破碎割裂，語言不經，坐論紛紛，與夜航船何異！」噫！虬庵之論不指予，何其切中予病也！今年春，友人莊生祈夢於韋左司廟中，神勸其趁夜航船去。生告予，予恍有所得，用不惜思索枯腸，默溫聞見，自喜不一月而得百二十二則。即以虬庵薄俗之論，參莊生入夢之因，名之曰《夜航船》，實其陋，正以文其過耳。若云「大丈夫不去走馬揚鞭而自牽船河側」，則劉道真又甘心爲採椙媪所指摘也夫。是爲序。

嘉慶庚申秋八月破額山人自題於葑溪之小山隱

題辭

玉麈清風莫浪誇，語言早信病根芽。書生饒有青蓮舌，不爲愁人不粲花。

三生石上是耶非，牛渚磯頭照不依。説到幽冥偏熟視，閻羅活潑夜叉飛。

妄言勿勸妄爲聽，頑石頭頭點不醒。今日生公重説法，阿誰還到可中亭。

兒女荒唐莫道無，憑空結撰説還迂。當時牙慧吳船録，譜得清芬到石湖。范石湖有《吳船録》。

乾坤寧蛀不求新，但要廬山面目真。漻爾詼諧有至理，盡人頤解我眉顰。

渺渺烟波愁少伯，迢迢書畫憶襄陽。潛心困學休來看，不是珍珠是夜航。

雙瞳如豆窺無幾，片葉迷山豈好遮。掛一端來漏萬種，不妨笑煞大方家。

蠻觸相爭兩不贏，人間雞肋笑微名。泥犂綺語千秋律，罪過前生又此生。

夜航樂府久飄零，剩有牢愁話不停。度盡衆生身莫度，要留因果説人聽。

破額山人自題

目録

卷三

卷八

卷一

誠恪爲冥官

楓江老諸生，私謚誠恪先生，至誠人也。生平酷好扶乩，晚年愈篤。嘉慶四年正月九日，虔往郡城結壇處，禮「朝天懺」三日。值神期以十六再來，云：「爾先君攝篆天都，因公務過此，託我通信。爾慎毋貽誤。」

先生回寓，薰沐手書一本，始終四十餘年家事，覼縷畢呈，冀焚之鼎中，以達親聽。屆期，賫本詣壇，候至下午，不值。人曰：「與其株守，不如歸去，暫息再來，何如？」先生曰：「諾。」回至中途，過其友薛鳳威家。薛他出。家人以主人素契，格外款遇之。身體微倦，遂將手本安妥，明日思再往也，暫眠賓榻。孰知暫眠者竟長眠不起焉。薛君本磊落丈夫，馳報江城，且爲經紀其喪事。此事吳人無不知之。

三月初旬，有降乩於壇。書曰：「我於仙茅嶺上，得遇誠恪先生，云：『正月十七寅刻，我出閶門去，身體漸覺飄渺，清風拂面，亂雲擁足。俄有童男丱女數隊，各執幡蓋等器，來相迎迓。予恍然曰：『我死矣夫！』未幾，見廨署巍然，中坐一貴人，見予，忙下階揖請讓坐，曰：『上帝以君真誠，委署三楚賞罰司。此去三晝夜可達。令先君巡查楚省，此去必能會面。』予喜接憑，辭謝而出。將到洛陽，見材官絡繹，鹵簿旁午，道旁譁然曰：『新任修文郎來矣！』予問何人，曰：『陸朗夫。』予喜極，作雀躍曰：『家君會面，良友談心，天長地久，我輩死而未死也。煩君過吳，遞語我家子姪。』嵩陽一片霞邵不濡通信者。」

方中沼曰：聰明正直之謂神，至誠如誠恪，有不爲神明者乎？倘有不滿誠恪者，當以孽債原之，而其人之真氣，自不容磨滅。

局騙剃頭擔

閶門内穿珠巷中之小巷，曰「横巷」。巷闊而短。有檀小男，初業剃頭。暑月，歇擔巷内，以清寂少人，且南北多涼風也。適有俯首就沐，背後有人潛抽後凳去，向小男搖手，示勿聲響。小男以戲耍常態，含笑俟之。迨沐竟要坐，小男曰：「凳被爾友掇去。」其人曰：「惡嬲極矣！我濕淋淋不便走，爾爲我追之。」小男往後面追尋，良久不見。回身轉巷，而前擔亦不見。兩肩脱然，徒手號咷，鬨動眾人，俱爲絕倒。

林元一

汴中林進士兄名復，字元一。棄舉子業，奔波海内。十年前，僑寓吳江東嶽廟文昌宮左廡，偃蹇無顧之者。天分絕頂，百家諸子，涉獵無遺。性情蕭散，不涉江湖炫鬻氣習。後稍有親近者，遂移寓南郊，與余家族長雪洲公比鄰。公猶子履橋，予族叔也，愛才如命，與林遂成水乳。每造叔所，林常在座，嘲今駁古，纚纚勿倦。

林精數學，識禽言。嘗與茶話窗下，忽聞春禽弄舌。林曰：「此鳥在第幾樹第幾枝第幾葉下囀，午後必有雨。」書僮素黠，反唇曰：「林相公欺人太甚。鳥語綿蠻，樹枝稠密，安能辨別到爾馨？」林曰：「汝且住。金僕姑將及汝矣。」未幾，大雨如注。明日，此僮因拗花樹底，爲黄蜂螫指，大痛，始服之。

太倉謝某素昧生平，遇於小滄浪，謂林曰：「我有商瞿之患，奈何？」林曰：「君既抱子，何誑我？」謝曰：「無之。」林曰：「君有子而曰無子，或非君所生者有之。」滿座爲之愕然。

張雨岑曰：林元一，異人也。無所不能，無所不精。文宗《史》、《漢》，詩法唐人，書晉畫元，談裴種郭。琴則成連海上船也，奕則巴丘橘中叟也。雙白龍而雙白虹，是其劍術；三折肱而三折臂，是其醫理。一斗酒不醉，兩石弓立挽。非異人焉能若是！

三人戲法

錢香吏，客揚州鹽運使幕中。八月天氣，連宵演劇，頗不愜意。會有江寧府某公，遣送善戲法三人，令詣署，並云：「如荷哂留，可不辱命。」

三人年貌相若。主人甚悅，因問客何戲法。一人曰：「小人無法，只會吃烟。」一人曰：「小人無法，只能爇兩個肉圓耳。」一人曰：「小人照鏡。」主人怪其語之奇也，曰：「請試之。」

吃烟者於青布袋中取出烟筒，頭狀類熨斗，大小如之。又取出梗子，狀類扛棒，長短如之。以頭套梗，索高黄烟四五斤，裝實頭内，燃火狂呼，急請垂簾墐户。客皆從對照隔簾觀之，見雲氣滃然，奇態層出，樓臺城郭，人物橋梁，隱然蓬萊海市也；琪花瑤草，異鳥珍禽，宛然蕊珠閬苑也；魚龍鮫鱷，噴濤噀露，恍然重洋絕島也。俄而炮焰怒發，千軍萬馬，破陣而至，玉山銀海，顛倒迷離。座客大駭。主人喝住，始徐徐收縮，拍爐幾許而歇。

羆肉圓者，跟一童子，令祛上衣，兩手扳着春凳，突起臀肉，橫背晶光，如擺一條玉案。將豬肉十斤，去皮骨，安放童背上。手執兩快斧，一起一訖，上上下下，僅一茶時，肉糜爛而童背無纖痕。從容堆垜，曰：「官厨清貴，可給三日大庖。若依小人之腹，做一頓饅頭啖弗夠。」

照鏡者持一小鏡，曰：「我鏡照人，非人照鏡，但此鏡疲於屢照，十人外，照亦無影也。」一有性燥者曰：「我來照。」一顧而仆。衆不省鏡中何像，令人嚇倒，咸未敢照。持鏡者曰：「妍媸不同，如其心焉。一噎止餐，可乎？」於是繼照者即主人，鏡中一貴官象，但非己之面目。餘有照而躲避者，有照而無言者。最後一青衣對鏡平視，目不轉睛。衆問何見？曰：「中有令人銷魂者。惜乎令一己消魂，不能使他人對面也。」衆爲之粲然，厚犒三人而去。此戊申八月中旬，香吏鑿鑿爲予言於秦淮旅舍。

頓生一計

「頓生一計」四字，本傳奇中蔡生説話。蔡生貧不能娶婦。婦翁江某，僞邀生飲，酒半，逼勒生書退婚契。生頓生一計，曰：「必歸家告母方書。」翁許之，隨使豪奴同去。生急披公服，出後門，徑赴公堂鼓噪。郡守罰翁，立令堂上交拜合巹。謂之《永團圓》。此頓生一計之妙也。

亡友徐生，曾竊其計而行之者。生嗜酒，有寬饒狂病。丁酉，省試順天，不中。明年春季，寓賈家衕衕，與同鄉劉别駕聚飲。夜深酒湧，狂發攘臂。别駕窘甚，命健僕曳之出局，鑰而進。生踉蹌門外，忿忿不已。黑夜莫辨門户，誤闖治中衙署。閽人執交邏卒，曰：「縛此糟豚，天明送兵馬司去。」生嘔吐淋漓，達旦酒醒，大喊曰：「何物狂奴，縛我在此！我新科進士某某，臚唱在即，忽被毆辱，豈非天大奇聞！」邏卒慌報閽人，閽人令釋縛謝罪，叩頭若搗蒜，曰：「小人萬死，唐突老爺，姑念巡夜因公，望爺寬減。」生遂不較，大踏步而去。此亦頓生一計之妙。

鞭子錢

里中無賴喜放鞭子錢，漁利最苛。其例放銀一錢，取利三釐，或四釐五釐。旦旦索之，不彌月，子浮於母，還楚方止。否則積月累年，靡所底止，剝削窮民，莫甚於此。窮民又貪到手便捷，醫得眼前，剜却心頭，勿顧也。業此者皆打行凶勇，索討稍不遂意，輒反臉嚷罵，老拳直奮，故無不畏之如虎。近有坐此發家，建造房屋，衣綵食肉，街坊搖擺，稱「老爺」「相公」。其家愈饒，其業愈勤，四處放開，如蛛布網。

一日，其妻收錢歸，以街上行人擁擠，乃上城行。至冷靜處，遇兩少年匿城垛内，各解下衣狎褻。見婦來，拉之求歡。婦素蕩，從之。兩少年先後施行，游龍夭矯，變化出没。婦心大悦，初不知城上螢弧勝於厩中鞭子者奚啻十倍。遂與兩少年訂曰：「自今以始，日之夕矣，俟我於城隅。」兩少年唯唯。於是日以爲常，風雨不輟也。

婦家憐主母僕僕，願分任代走者，婦必大恚曰：「此事非老娘莫幹！」實欲踐城上之盟耳。婦每登城，必傾囊厚贈，甚至釵釧衣飾等物，盡行予畀。恐少年心性不常，思固結之，無他好也。後旋被人覷破，咸來湊婦，曰：「香爐，公器也，諒無揀佛燒香之理。」婦悉從之，登城如故。於是羶行遠聞，蟻慕畢集。臺城佈施，餓鬼皆飽，城隅將圮。長官知之，禁止登城，而婦家鞭子爲易連城寶物，久已投去。周敬三曰：貨悖而入者，必悖而出。雖鞭之長，不及馬腹。世間擁蓋策駟，洋洋自得，安知其家中不有傾人城者哉。

酒店女子

全椒朱鴻士云：予鄉有紅花村，當清明時候，迎神賽社，青郊芳甸，士女如雲。村中張氏，世爲望族。城内有段生，韶年都雅，皎若天仙。其舅氏靜巖孝廉，自都旋里。生到村省舅，借此遊春。對門酒店女子，瞧看生風姿不凡，如夢如癡。暇日，乘間問鄰媪曰：「前日與張舉人同折桃花者，何人也？」媪曰：「即其甥段家郎君也。」女積思成疾，踰年殁。段始終不知。

毘陵趙一琴詩云：「玉貌誰家子，神光賽洛神。桃花湖上折，腸斷浣紗人。」三韓鄒希水詩云：「不語暗傷心，欲語怕紅頰。今日相思子，來生雙蛺蝶。」金沙王荃人詩云：「自昔真娘死少年，傳聞紫玉喪嬋娟。江南一種奇花草，不到春風便化烟。」「當壚不是卓文君，眉鎖春山鬢聳雲。他日嬰春橋下過，桃花休折小姑墳。」

夜航主人云：此事與吴江葉勿戀過流虹橋，小家女子見而慕之，思念至死，何絕相類也！朱竹垞作《高陽臺詞》紀其事，一時和者幾百家。今鄒、趙諸君詩亦可續選《本事詩集》。二百年來，後先一轍，願天下有情人都成眷屬，此物此志也。

薄阿四

八尺鎮薄阿四，膂力過人。有拉與佐鬭者，廣置酒肉，大啖而起。至鬭所，見廳柱高一丈，闊一圍，阿四先脱布衲曰：「此禦寒物，不脱不便，脱又恐被人竊去。」遂一手抬起廳柱，一手將破衲塾塞在下，且曰：「壓此萬無走失。」群不遑箝口土色，各鳥獸散，乃不成鬭。

場上石鹿軸，廟門石獅子，阿四當之，非僅陶之運甓，直僚之弄丸。每逢武童演藝，必多餉阿四酒肉，使勿來，否則恃強糾纏，必殺風景。人見之皆足恭趨奉，勿敢觸犯。阿四亦自負氣岸，旁若無人，每於酒酣耳熱，白眼望青天，大聲唱「力拔山兮」一闋，以故人多稱之爲「小霸王」，又呼之爲「四大王」。媚之者曰：「四大王具此神力，雖殿前侍衛，海口將軍，食祿萬千，膺之何愧！惜乎時運不偶，與我輩手無握雛力者亦復彷彿。」阿四以言到傷心，不覺英雄淚下，涔涔至足。

乾隆庚子，巡幸江浙，營駐吳江南斗圩，扈從軍衛，經過無算。阿四心想懷抱利器，不可鬱鬱無所試，且於此不見吾長，惡乎見吾長？遠遠見一戴老鴉翎子官騎馬前來，阿四從背後奮臂一拳。鴉翎者回身趁勢一丟，阿四身體已落在千步涇窖坑中。千步涇去南北圩有十畝之隔，幸得不死，渾身不潔，奄奄撑起，神魂沮喪者半年，自是不敢復言氣力。

夜航主人曰：醯雞甕中，蛙蟆井底，東南豈少栩栩者。不遇掠地鴉軍，始終夢裏睡裏。噫，夜郎自大，千古譏之，阿四勉乎哉！

黄白二物湯

醫之爲言，意也。以我之意，意病之意，無不如意中肯。予今年前四月，自郡歸江，天氣驟熱，狂飲凉酒，開窗睡臥，撤去牀褥，半夜覺寒氣襲人，遂發咳不止。服辛散藥罔效，氣喘喘，聲匡匡，入夜更甚。再投起脾滾痰諸丸散，仍如故。親友來問，大半岐黄，議論鼎沸，或曰寒宜薑桂，或曰熱宜連芩，或曰寒熱客肺，宜麻黄表散，或曰真陰虧損，宜燕窩蛤清補。舉家惶惑，予亦無可奈何。直到五月初旬，方殗殜假寐，忽有真人飄然而至，撫予背曰：「是可醫也，黄白二物湯。」予恍然醒悟。

人到中年，陰衰陽熾，土不能護金，水不能制火，故不得愈。黄白二物湯，鱔魚黄色最補脾，脾補而肺火自熄。豬肺色白，最補肺，肺補而腎水自滋。現届秧田放水，甕頭黄帽昂首得時，買以付厨，並豬肺洗凈同煮之。火候既到，鮮腴芬美，自然悦口，而咳病如脱。黄白之益人，豈淺鮮哉！

秋岑兄曰：「倘有省儉不食葷腥者，奈何？」予曰：「省儉，惜費也。不食葷腥，茹素也。二者而求黄白，則竟以大小便代之，不必更求人中黄、人中白也。」

老蚌克龍

吳江爲水鄉，遠近知之。南門外百里，江浙交界，自三白蕩一路，溪港環繞，茭荻接連，水勢混茫，雖漁師篙工，嘗有迷津之慮。陸司廟在汾湖中央，猶大江之金山也。其下深潭，光怪百出，老蚌潛焉。漁者取魚網至蚌所，輒有腥風撲面，冷氣着肌，無不病瘧，必禱蚌始愈。漁人相戒不敢犯。當秋月皎潔，土人時見精光一溜，直接太陰，其中有寶珠蘊焉。

乾隆五十八年七月初旬，乖龍思襲其珠，使龍子化作赤鯉，伺蚌張開時，躍入其中，珠可得也。不意蚌覺有物，一翕而鯉浮水面矣。老龍大怒，雷雨轟下，直來與蚌親鬬。蚌做仰身掀起，儘力迎敵。鳴濤卷雪，寒沫滔天。龍鬬則一往一來，蚌迎惟一開一闔。如是三晝夜，龍竟不勝而去。阪田汩没，民廬漂蕩，合村大爲老蚌所困。蚌長約二三丈，闊丈餘，毛蓬蓬若蘆葦然。賣蟳王六從窗隙中窺見厥狀如此。

華蘭舟曰：圓蓋秋清，廣寒挹采；方諸夜媚，鄉土沾光。掌珠一顆，留伴嫦娥不嫁矣。何物乖龍，潛生覬覦，喪明敗北，自取之也。噫！夫人雖老，東海威風，誠難犯哉！

殺 響 馬

海鹽陳氏，有紀綱僕楊黑鐵，年二十餘，勇力能幹。乾隆中，伊主付千金，令入都求起官。黑鐵跨衛，過山東滕縣界，遇響馬賊二人。黑鐵恐衆寡不敵，先下衛，擲囊於地。一賊挺鐵尺，手提其囊，囊重不能舉，因右臂挾尺，兩手提囊，其一賊亦兩手相接。黑鐵乘隙，急抽其鐵尺，擊賊顱立碎。其一賊拔刀未及，黑鐵進擊之，折其右臂。賊跪地乞命，黑鐵拔刀砍之，二賊俱斃。

當殺賊時，黑鐵衛驚去，不知所向。見二賊馬在，乃以一馬負囊，而身乘其一。馬疾馳。蓋賊有所得即馳歸，馬亦習慣者也。時已薄暮，馳三十餘里，入深林中。依稀見莊院，馬止不前。黑鐵恍然曰：「此必賊窟也。」奈昏黑不辨路，計無所之。其家聞馬嘶，以爲主歸也，啓門出迎。見黑鐵，大駭，馬遂入。不得已，隨之至廳事，解其囊，因謬曰：「從某縣來，錯過宿頭，乞假宿。」其家曰諾。賊婦見馬不見夫，意客必害夫者，令婢過爲殷勤，雞酒羅列。黑鐵佯爲豪飲，潛以酒注衣衿中，酒盡更添。婦暗喜得計。飯訖，黑鐵僞醉欲眠。婢取臥具入房，令客臥，攜燈趨出，鎖門而去。

黑鐵佩刀在外，手無寸鐵，房内並無椅桌等物件。自分必死，暗中摸索，忽得木一段，長四尺許，乃尋常拄門者，心始安，曰：「是可以拯命。」遂以木入臥被中，置帽於其端，脱身上濕衣蓋之，若人熟睡然，自己屏息立户扇後以待。

夜將半，聞門啓聲，見一婦結束甚峭，左手執燭，右手持利刃，徑趨臥所，奮力一砍，刀入木，急不能出。黑鐵從背後踢婦倒地，即拔木中刀亂砍殺之。而燈已滅，乃提刀挨至廳事，循壁行，得一門，微有火光，趨入，即婦臥室，其婢假寐，殺之。至厨下，見一僕婦乳雛，俱殺之。持燈遍照，已無一人，始知所殺二賊，乃一主一僕也。啓其箱籠，黄白、珠寶、參貂積貯無算。乃以夾被四條作兩大包裹，席卷而出，任馬所之。天明，至大路，恐人識其馬，不敢飲食，疾馳三百里，達京師，棄其馬。不半月，事竣，市二騾，改道從中州歸。

夜航主人曰：魑賊於路，搗巢於室，馳馬入者馳馬出，平頭年少，頃刻素封。黑鐵之力歟？此其中殆有天也。

文人禦暴

從來知命者不立巖牆之下。然危險之事，猝不及辨，天下固有脚踏實地，而無妄之災時刻相遭，此天數，非自取也，亦有倖免者，在其人之智謀耳。

昔有諸生，愛蕭寺清净，夏日讀書其中，漸與寺僧熟識。僧亦聰俊，往來既久，稱莫逆焉。一日，生詣僧不值，徑入臥房。守者以習來不禁。生得縱觀圖書骨董，藉以消遣，正好待主人歸也。几上放小銅鐘一具，古氣盎然。生信手一擊，驀地有美人出。生惶駭，疑爲鬼魅，將欲盤詰，僧恰至焉。蓋其下地窖，僧藏婦女在內，擊鐘爲號，不防生來，來亦不防其漏出禍根。事已如是，勢不兩立。「刀、繩、鹵皿，出此三物，請君了凡。」生長跪乞哀，誓不聲洩。不聽，曰：「非欲殺君，君來就死。」生曰：「念平日情愫，請杯酒長別，可乎？」許之，扃鑰去。

少選，擎巨壺至。生痛飲數盞，復請下酒物，許之，如前出。生脱衣衫塞實壺腹，身匿門角，俟之。僧攜盤進，提巨壺當顱門一擊，斃之。大開地窟，放出婦女多人，皆良家入廟拈香被騙者，鳴官收領，火僧墟廟，遐邇稱快。

鄉先輩顧湘南，余家姻長，少時讀書窗下，夜深盗發，斬破大門，明火執械，勢甚兇猛。先生見靠梯於牆，蓋其家方修造忘撤故耳。遂上梯登屋，手揭瓦片，連疊數堆。盗方昂首進儀門來，先生飛瓦亂擲。盗不及仰首，中顱裂腦，仆倒數盗，餘俱抱頭鼠竄去。天明，執送當事，家中不遺一箸。亦文人禦暴之急策也。若夫陳眉公爲盗書記、王貽上與盗結蘭，則籠暴，非禦暴也。

龍擊宿娼

前年五月，松江雷擊西客於航船內。先一夕，舟人及諸客皆有夢，衆疑不祥，不敢解纜。然其時天霽無雲，風清氣爽，舟人以爲妖夢不足憑，遂開船。晚泊白龍潭，衆方夜飲畢，狂飆大吼，雷電大作，烟霧中忽飛出火龍，直攫艙中，擊死一少年西客，餘亦有被傷者。

次早，移船潭口，衆舁尸於岸，方設壇修醮，尸忽甦，自言：「領富人資本，行商江南，久不歸去，富人訟父於官，監禁追比，父屢召不歸，至斃於獄。訃至，諸客爲我收淚，邀妓侑觴，遂薦寢席。我昵之，留連彌月，囊底罄盡，仍不得歸，致遭天譴，命我表白同人，以爲迷戀烟花、不顧父母者戒。」言訖而絕。

夜航主人曰：《昔昔鹽》中，《聲聲慢》裏，愛河媚海，膩地情天，雖慧業文人，不免荒於是者，矧西方紈袴哉！哀白屋金銀，益青樓花粉，天誅應不到是，而釀成奇禍之尤者，富户倡家兩造耳。吾聞龍生九種，犴狴其父，霹靂其子，其所由來，恐非一朝一夕之故。

腰斬蕩河船

溺人者水也，載人者船也。載人而溺人者，船中之妓也。東南水路，此風處處有之。粵、閩曰蛋船，曰蛋户，曰落篷，曰採珠户，曰肉花盎，曰人鮓甕；漢、湘曰長艄，曰後艄，又曰包艄，又曰叫乖乖，又曰花船；温、處曰夜叉，又曰夜撑；嘉、湖曰汆嫖；江右曰念殃；江北曰思娘，又曰思殃；海口曰落漈；湖上曰再摇摇。口號嘈雜，皆江湖無稽之談，其爲求乞則一也。

而求乞如蘇郡之蕩河船，則又寓求乞於繁華之中，尤屬可怪。沃土之民不材，女紅所得幾何，女謁所資無盡，况乎蔡姬蕩舟，西施採蓮，越女木蘭，吴娘六柱，相沿既久，類成風氣，奢侈過度，於今爲烈。

船中器具，則玻璃加漆，點銅水晶，鏨花鑲嵌，鏤金雲白，翡翠珊瑚，象牙碧玉，紫檀香楠，花梨紅木。衣則玫瑰棉花，食則鴨腦豆腐。尋常羅綺，笑爲村媪包皮，不屑衣也；尋常蔬果，鄙爲老大食作，不屑吃也。龍井茶一瀹便傾，鵝梨餅半燒旋棄。裝束則巧立名色，若元寶頭，縠縠啼，斜插花，叫郎裝，飛翅髻，後來好，蝦殼衫，鴉頭襪，天魔裙，嫦娥袖，觀音兜，昭君帶，潤州留香鞋，揚幫繡花袴。而且湖山供其玩要，風月助其妖嬈。箕踞艄棚，横陳舷版，頻呼小妹，動喚阿娘。纖喉暖響，大腹銷魂；嬌盼流波，油頭喪魄。

嗟夫，人情類好淫也。見金夫不有躬，夜度娘常事。近聞若輩，偏裝腔作態，南北兩壕殷實子弟，多有耗千金而不得償夙願者。遂致鏡中好影，畫裏芳膚，可親不可昵也。噫！蠱惑滔天，脂膏塗地，愚夫不足惜，蕩户實可誅。

是時郡守汪公，即今閩省撫軍，廉得積弊，着巡捕水利查拏船户若干，即於山塘桐橋汎，將玻璃關快、蕩河等船隻，架起兩頭，當腰截斷，婦女着父夫領管，並各穿青衣衫裙，幫家養竈，毋許蹈從前淫侈，以清風俗。吳中士民，至今稱快事焉。

蔣琪生曰：玫瑰爲縧，鴨腦作腐，未必真有其事，不過形容衣飾奢華耳。然其暴殄天物，僭越供奉，其身原有應得之罪。雖然，此等常山蛇也，斬首尾應，斬腰恐首尾俱應。袁簡齋説張五姑娘事可鑒。

叫爺來認臂

裝飾，飾首亦飾臂。《五代史雜録》：「慕容彦超大括城中民貲，以犒軍前。陜州司馬閻宏魯乳母，以泥中金纏臂獻之。」纏臂之名昉此，蘇軾詩「壓扁佳人纏臂金」是也。又有玉臂。《夢溪筆談》云「曾見一玉臂，兩頭施展，屈申能合」，杜甫詩「清輝玉臂寒」是也。又有繫臂，《晉書》「泰始九年，帝選良家女子，以備内職。擇其美者，以絳紗繫臂」，羅虬《比紅兒詩》「繫臂先封第一紗」是也。若楊萬里《競渡》詩「畫橈繡臂照江湖」，則有繡臂。張祐詩「畫鼓拖鬟錦臂攘」，則有錦臂。繁欽《定情詩》「何以致拳拳，綰臂雙金環」，則有綰臂。范成大詩「約臂金寒束未牢」，則有約臂。趙孟頫詩「粉汗生憐絡臂香」，則有絡臂。至於《風俗通》「五月五日以五色絲絡臂」，辟邪，非裝飾也。孟郊《羽林郎》「錦臂飛蒼鷹」，戎服也。《瑣言》鄭愚以錦爲半臂，亦非炫飾也。戴珙之封臂，朱勔之黄臂，詑君恩，非平服也。

總之，臂以飾女子，取其媚好，非男子所服明矣。今男子亦服之。嘗見都人士往來賓館，散步街坊，偶然露臂，金光閃閃，洵覺式觀。顧富貴者自然無怪，近有窶人子好尚時流，渴欲效尤，嘗有傾家蕩產，百孔千瘡，而博一臂之力者，謂之彩臂。人情外務，可笑至此。

居停主人丁青筠之友周某，家僅度食，喜坐蕩河船。一日，過山塘，同丁就飲。船婦下艙陪飲，調情弄舌，甚覺可人。周酒酣逸興，相與促坐，實未囉唣也。婦戲勒周彩臂，套己臂上，曰：「郎面白於妾，妾臂瘦於郎。」周固解人，信口答之曰：「望不到十里長亭也，頓鬆了玉臂耶？」丁在旁曰：「盟心不若盟臂。」遂歡笑而別。比歸家。周婦怪夫臂之不在臂也，詰之得實，婦素賢，置之勿問。

翼日，周令僕人向船婦索臂。婦側目凝思曰：「有之。但胡亂安放，教儂何處尋出？」旋捧出一抽屜來，見黃金射目，鑿鑿落落，彩臂堆垛二三百隻在內。顧僕曰：「此間千手觀音殿，不知哪只是爺臂。」又喚：「阿母，拿我後房盒子來看。」其母又捧出一大盤盒，其中紫赤濃淡，更不勝數。婦曰：「啐！聰明一世，莽撞一時。儂與爾俱在暗中摸索，胡不叫爺自來認臂？」僕奔告主人，周爽然若失，裹足不入蕩河船，卒爲老成人。

潑婦吃虧

邑有潑婦，狀甚醜，而效顰過於東施。喜裝飾，塗脂粉，闊袖撲鬢，撒嬌做媚，日與少年群不逞頑戲無度。狀若妖精，遇之者無不伸舌唾避。

曾與監生某狎褻。生薄有家計，婦竟認爲夫婦，日登門吵鬧，批生婦頰，以爲鵲巢鳩居，若何奪人婿也。婦畏之若蛇蠍，敬之如神明。一日，生正納悶，又以誅求無已，反臉角口。婦披髮撞頭，將拼命下落。生躲避他處，婦尋覓不見，氣不下咽，竟自扯其袴，粉碎如軍前蜈蚣旗式樣，狂奔街上。萬人蜂起，喊到公堂。初，縣官出入，常見是婦於轎旁，想必不端。婦且號且哭曰：「某監生白晝強姦良婦，不從被毆。乞爺提究正法。」一官叱之，左右速其下去。婦不聽，竟全脱碎袴，挨身挃驗，毫不顧羞。官以爲不吉，命隸撤下杖之。從來杖婦人及閹人，例不袪下衣。今婦自脱受杖，一絲不掛，衆目昭彰，欲陷人而適自陷。至今邑人説起，皆爲捧腹。

唐建勛曰：人情之所不能止者，聖人弗禁。始亂之，終成之。煌煌《封禪書》，獻長上而光泉壤，伊誰之力耶？今婦，怪物也。當時近之者，亦不可謂非奇人。

通家浜

某友少考訂功，而具絕好悟性。嘗與一友同行街上，見裝潢店内貼對聯，落款書「通家眷」三字。某因問三字何典。友曰：「源頭我未考據着實，大略想不出五經内。昔陳靈公淫於夏徵舒之母，朝夕往夏氏之邑，故《詩》曰：『無此疆爾界，陳常於時夏。』疆界都無，非通之謂歟？陳常於夏，非通家眷之謂歟？」某曰：「君論明白曉暢，更無他據。」遂深服之。

他日，某因坐食艱難，就蒙館於楊安浜中。暇日出遊，遇前所同行之友，各道闊悰，握手弗釋。詢近況，某曰：「近在通家浜課徒。」友曰：「改日造訪。」一揖而别。閱日，友於城之内外，遍訪通家浜，無有知其地者。友亦罷訪。後兩人又遇，友問曰：「君所云通家浜者，果有其地乎？何無一人知之？」某曰：「僕館楊安浜，以二字不雅相，故隨口改之。」友曰：「楊安二字，何不雅相？」某訝之曰：「自君言之，而遂忘耶？天寶宫中故事耳。」友爲之狂笑不止。

袁雪香曰：憑臆而談，通家多矣。孫秦橋可謂之通家橋，張閣村可謂通家村，韓賈巷可謂之通家巷。推之歸陳飲可謂之通家湯，潘西垟可謂之通家餅矣。大千世界，無遮無礙，焉往不通。必如某友引經據古，斷章取義，却爲匪夷所思。

賞善罰惡

雯中叔云：當時鄉宦横暴桑梓，倚勢凌人，雖當道無此氣焰。有某孝廉，公車時貸三百金於林姓。林奉銀如數而還其券，且贐之。又往貸陸姓，陸堅謝不能，亦無所贐。某尋捷泥金，入館選，告假歸，親串畢集。某折柬邀林飲。林冠帶肅恭赴之。入門，見前廳柱下鎖一人，近之，則前所不肯貸銀之陸翁也，不敢置問。既入，主人優禮，格外殷勤。酒半，家人捧兩榼至。一還所貸銀，一則以杯幣酬之。林俱不敢領。再三勸，乃受二幣。主人曰：「翁耿介若此，是重吾以前來之過也。」旋囑門下客諭之曰：「翁知此酒之所由設乎？」謝不知。客曰：「此我主人賞善罰惡之舉也。彼陸某者，翁識之乎？」林曰：「識之。」曰：「若是翁介紹，姑引之歸可耳。」林唯唯。筵散後，始解其縶以付翁。陸歸，罄貲得銀七百兩，浼林奉某。某曰：「非千金不可。」陸變家換産，足數與之，乃得解。當時鄉宦如此。

夜航主人曰：二百年前，縉紳門第，威福憑之，叔非謊言也。顧我家東昌公，布衣講鄉約，蓬萊夫人績麻伴讀，不識亦有人齒及否乎。不爲貧富所動，乃爲風骨。誰謂「習俗移人，賢者不免」耶？至於報施之道，皎皎者所不屑也。

缸頭泛

俗傳染坊紅花缸内，不能出色，務用謠言讕語，鬨聞街巷，一唱百和，駭爲奇事，而缸内出色，分外鮮明，謂之「缸頭泛」。此義不知何屬。意者文章厭樸素，姹紫嫣紅，不出矯揉造作故耶？

桃花塢女伴，競采鳳仙花，搗染指甲，窮工極巧，色終黯澹。對岸人家曰：「昨夜五更後，秋香陪織女渡鵲橋，過東南分野，乞假三晝夜，降凡準提巷，與唐伯虎相會，帶無窮巧意下來，先迎者得巧十倍。」於是諸女伴爭往準提庵，拈香禱祝，疾忙乞巧，稱「秋香夫人」。歸來，指甲宛若珊瑚，皆秋香下降之助也。噫！略染一指耳，必得缸頭泛若是，天下豈有真色哉！

卷二

蘇明府

儒吏躭文墨，固是本色，未有如吾邑當年之蘇明府者。明府名正蒙，楚人，從甲榜出宰吳江，未及一載，不合上官而去。當其來吾邑也，於垂虹亭起岸，囊橐翛然，惟古琴一張、破書數簏而已。任三日，即招邑中士子雅集衙齋，講說性理，娓娓不倦。是時桐鄉皇甫竹泉先生掌教松陵書院，明府一見恨晚，賢主嘉賓，迭爲往復，桃李盈門，春風滿座，稱極盛焉。

最喜角藝，鐘鳴燭跋，擁鼻微吟，習以爲常。性又謙遜，脱稿必與諸生商搉，務字字愜心而止。諸生文有好句，輒高聲朗誦曰：「君非吾士也，乃吾師也！」尤喜作詩，詩如其文，理趣盎然，近范、陸不近蘇、黄，以東坡比之則不樂。

猶記日端午，招集諸生於耘松軒，飲酒賦詩，先成者飲巨觥，送蕉扇。予詩先成，中一聯云：「彈琴午日徵暘若，揮箑清風誦穆如。」明府大喜，謂山長皇甫公曰：「郎君具掣扇才，惜無蓮花幕之。」傳爲美談。

一日見招，予到尚早，有衙役忤其意，撲地將杖之。其人王姓，本巨族，年五旬，惜羽儀，身充官役，未受官刑，與予近鄰，不爲緩頰，似非情理，徑前長揖曰：「父臺息怒，此人待生甚不薄。」明府霽顏直起曰：「係君何人？」曰：「東翁。」一笑而釋曰：「快磨墨。」其風雅如此。噫，我師乎，我父母也，今可得而見乎？殊令人思矣。

三椿快事

竹泉皇甫先生，諱樞，浙江桐鄉人。乾隆中會魁，與吾邑周清華先生同榜，蓋早年科第也。歷官湖北竹山縣知縣。致仕後主松陵講席，予得問業焉。書院在學宮西北，與予家翠田、南廬兩叔比鄰，故兩叔親受業其門。先生天分超儁，邃於經籍，唯詞賦暨書法非其所長，故不得館選。

先生平生有三椿快事，與予叔侄輩齒及，猶覺洋洋灑灑，喜形眉睫。第一椿，初次歲考，學使古怪，先生考作頗不愜意。質之師，師亦攢眉。勉強遊湖上，日暮還寓，路經貢院，聽鼓樂聲沸，將發案，膽怯不敢視。然思既過之，何不作秦越之視？又短視，苦無眼鏡，正在徘徊，忽被梯脚絆跌照牆下，手觸一物，冰凉玉潤，拾起，一水晶眼鏡也，恰好對眼。仰視首名即己名，是年食餼。

第二椿，先生若不便言。予叔侄曰：「事無不可對人言。」乃曰：「記十六歲時，清明掃墓歸舟，瞧見前船女子端好，心竊慕之。比三年冬月完娶，却扇後，即元配孺人某氏也。」衆咸曰：「此事快在偶湊！」

第三椿，「某年臘月，先君病在牀褥，予計不上公車。先君曰：『老病無憂，違命爲憂。』予無奈，怏怏入都，場畢遄歸。未到趙北口，家信已通，父病霍然矣。予是時大願既滿，從容途次，頗有得隴望蜀之意。飲食居止，刻刻以闈藝默念，得失關頭，盤旋無已。行至一村，巍然閥閱，大書『連捷』，賀者紛若燕雀。予不敢偵，命僕借録，見己名第五名會魁，籍貫無誤。予喜極墜驢，如陳摶故事，逾時方醒。此三椿快事也。顧安知非前此三椿大快事，正反逼起後此千萬椿大不快事乎！我故曰：文章有大開合，身世亦有大開合。甚矣塞翁之高見也。人能以塞翁之見爲見，尚何窮通得失之有哉！」衆曰：「我等師先生，猶先生師塞翁也。」

書生拘執

竹泉先生宰竹山縣時，有無行孝廉，自幼締姻小家，既因發解，不願，誣以私孕，告當官求退，而別圖珠圍翠繞者。先生最重文士，見孝廉呈詞，事關人倫風化，即斥女父而准退婚。女父不服。先生忿怒拍案曰：「爾帷薄不修，欲污人耶？」不顧而退。明日再審，女挺身上堂曰：「謂我有私，憑何確證？天地鬼神，昭布森立，屈殺人至此耶！」先生以女言觥觥，大怒，拍案曰：「長舌即是厲階。必覓確證，世無桑濮之行矣！」女色益厲，時夏秋間，身衣單衫，女懷利刃，向腹直劃，曰：「不剖不雪！」血流滿堂，兩旁土色，舁歸氣絕，目尚炯炯不閉。

先生自分大禍立至，幸上臺力庇，僅離任。旋里未幾，而誣告之孝廉死，未幾，而先生之長子孝廉亦死。家本瘠薄，坐食十餘年，窘況難度。閔峙亭爲江寧藩司，與先生素好，薦來掌教松陵書院。始來時，縣令蘇公訂爲文字交，極其恭敬。蘇去，繼者某公，不承權輿，出納之吝，謂之有司，修俸爲之不繼。幸有生徒來往，頗不寂寞。常到喻義堂講話。喻義堂即講堂，廣植花木，有海紅花一樹，予先伯祖冠雲先生修縣志處，今爲菜圃，海紅花尚好。其時又有沈、黄、茅三生，皆能文好客，係先生鄉戚，負笈相從者。當聚會時，看花飲酒，剪燭論文，輒流連達旦，甚樂也。無如江城地土霜儉，門第清寒，縱有饋送，不敷度支。尋辭館去。厥後其次孫茂才亦卒，遂爲若敖氏。家業益落，田根屋脚，盡售他人，最後幾於衣食不周。老夫婦二人，僦居一椽，湫隘囂塵，晚境不堪至矣。

乾隆五十餘年，先生卒。親友斂貲，草草成喪。繼娶孺人，至今尚健。南廬叔素重友誼，追念師門，嘗告予曰：「我力綿薄，將勸葉鶴舟爲嚆矢，聚同人數金，備師母生養死葬費用。」予方歎此舉甚善，鶴舟訃至，不果。

夜航主人曰：青年黄榜，海内知名，玉樹蘭孫，高堂歡喜。一時佳話，三樂奚疑。即使四壁蕭然，一官無恙，而河陽白髮，彭澤黄花，亦可娱晚節、俟後人也。乃不過以書生拘執之見，回護清標，上干天怒，悲哉！

二婦戲言

仲春之月，放馬郊外，群遊齣齣，不辨牝牡，令其食草，謂之放青。城内少曠野，多於城上放之。吳江北門水關橋傍城脚下，年久城圮，踐履平塌，庶草蕃蕪，地瀕幽寂。牡馬俯地齧草，勢垂尺餘。二婦適過其前，不知茅厠中有人也。前婦戲謂後婦曰：「飲我一斤，可容半截。」有沈貢九，在月城酒店學習算法，方如厠，靜聞婦言，曳褌突出，曰：「與汝三斤，截半可容乎？」婦奔逃不及，連罵「天殺」而去。

食物别名

食物别名，雅俗並宜，類各有取意。如荔枝，十八娘；熊白，西子唇；雞頭，貴妃乳；蚌肉，海夫人，皆上品典雅，無足異也。所異者，瑣屑不貴之物，一經詞客品題，自然綺膩可人，雖破壞大方體面不惜也。

朱竹垞《南湖棹歌》曰：「小娘浜接鷺鷥村，一帶青旗颺白門。跳上岸時須認得，秀州城外鴨餛飩。」鴨餛飩，即哺退蛋，一名喜蛋。王次回《閶門雜詠》云：「流蘇斗帳不通光，繡枕牙筒放息香。紅日半窗春睡起，阿娘燒得善鴛鴦。」善鴛鴦，鱔魚和豬肉佐麪也。潘雅奏《小樓詩》云：「小樓簾子滾楊花，要吃梅酸齲齒牙。三日懨懨愁病裹，堆盤怕見俏冤家。」俏冤家，即豬頭肉，吳門陸蓮荐陪家所制甚佳，一名馬面。尤錦生《菱湖即事詩》曰：「越溪綾子放吳綿，郎入酣鄉妾未眠。幾度蹴郎郎不醒，隔湖打過傍鮮鮮。」傍鮮鮮，細魚名，冬天黎明，漁船棒鼓，聲聲不絕，言傍此鮮鮮，趁早來買，故有是名。杜其武《夏閨詩》云：「浴罷蘭湯髮亦香，蝦鬚高捲爲貪凉。冰刀最是無情物，割破雙雙白小娘。」白小娘，香瓜白色者。

西客某生，慣走曲巷，自詡風人，忽擬其體爲四句，將誦予聽，而茹吐再三。予問何故。客曰：「我詩太直。」予曰：「直不妨。」又曰：「我詩太豔。」予曰：「前詩皆豔，豔更不妨。」客遂大放厥辭，操土音咬牙膈膊而出曰：「姐兒生來要人弄，要人弄時又害痛。你個娃娃不中用，讓你娘吃拚死忭。」客問詩如何。予曰：「體裁極合，但軟硬稍不均耳。」客曰：「君也會説老實話。」

錢佶人曰：《閶門雜詠》、《疑雨集》中並無此詩。朱竹垞《棹歌》上二句恐不如是，豈曝書樓版子有訛乎？尤錦生是何時人，有名望否？予曰：「那知許事，且啖蛤蜊。」

將軍勝負不常

江浙風俗，到秋深候，以鬬蟋蟀爲事。白露左右，提籠相望，結隊成群。杭則聖因寺，蘇則瑞光寺，嘉則南橋頭，湖則北街上，聚處之最著也。其實無處不有，無時不鬭。

其蟲以頭大足長者爲貴，青黄紅黑白正色者爲優，按譜可考。所向無敵者爲「將軍」。大小相若，秤量適均者，然後開册成鬭。鬭之時，有執草引敵者，謂之「遺草」。遺草大有權用。兩造認色，或緑或紅，謂之「標頭」。臺下閒人並無蟲鬭，即以臺上之輸贏为輸贏，謂之「貼標」。鬭分籌碼，謂之「花」，一枝花到百枝花、千枝花，憑兩家議定。勝者得彩，不勝者輸金，無詞費也。

平望張緘三最善養，嘉興毛南耘最善相。兩人俱膺官銜，而兼崔、盧之戚也。乾隆五十三年，張有將軍，毛見而愛之，不能得，伺張出，發篋取之。張歸啓視，則無有矣，大慟。後知爲毛竊，因以他事涉訟，遂絶交焉。

越三年，張又得將軍，百戰百捷，得彩無算。時張寓吴門，寓主人僞請張虎邱遊宴，陰令客盗其將軍，與貴公子鬭。將軍敗，喪百金。張不覺也。

越日，張過夏侯橋訪舊，客有盛稱某公子將軍利害，江之南無與敵者。張心動，欲與一决而甘心焉，使客招之。公子前來，見今日之將軍，即前日之賁軍，心輕之，决鬭千金。張欣然。時寓主人在旁力阻之，張勿聽，毅然入籠，大勝，携千金歸。

葉藻春曰：同一將軍也，竊而鬭者喪百金，正而鬭者獲千金，豈前後之不相侔歟？乃明昧之不相敵也。將軍真智勇兼全哉。

做一工像一工

諺云「做一工像一工」，又云「三句不離本行」。此言良確。做戲沈蘭芳，予有事將訪之，適遇於道，拉予同到其家。沈見訓蒙王天表來，則作閨門旦聲音曰「先生」。見鄰家少婦倚門，則作高力士聲音曰「娘子」。比至家，見其兄則曰「大哥」，見其弟則曰「三弟」，見其嫂則曰「嫂嫂」，見其妻則曰「娘子」，見其子則曰「我兒」，見其母則曰「母親」，自稱曰「孩兒」。頃刻間幾許稱呼，無不跟戲本脚色。予託其寄書到盛澤鎮去，渠呼其家僮出曰：「某某，你來，見了某相公。我問你，你去也不敢去？」始信屠户剃頭，招之曰「駿來殺」，嫖院曰「我的肉」，實有是情。

昨日，種田郁阿茂要我書庚帖。書完，筆頭活落。阿茂曰：「耜頭忒日頭没韃靶中。」取火絨吃烟。霈兒異之，直搶其半。阿茂曰：「官人割我稻穗頭去矣。」此真所謂三句不離本行者也。

惟夜航亦然。雖夜航嘈雜，無所不談，然畢竟詩人翰墨、紳衿事實居多，是係氣習，當局者不覺也。

惟筆下亦然。某生長夏酷喜唱盲詞，迨入幃，首題「赤之適齊也」合下一節，三題「不親迎則得妻」。生首藝過渡處二句云：「豪華公子休提起，且唱爲官得祿人。」《孟》藝開講，收二句云：「雖不能大盤小盤擔出去，而反勝於的的打打討進來也。」時考官舟中無事，一路玩秘戲而來，批其首藝曰：「順水推船，何等便捷，若必作隔山取火，支離不稱矣。」副考官則有季常之癖，批其《孟》藝曰：「言之有理，誰曰不可聽哉！」竟中式。有登堂賀之者，生趨出，執其手曰：「何如？劉生得中第三名，成美豈欺我哉！」劉成美，盲詞名，曰「劉生得中」句，想亦是此中成句。

近聞湖郡又有支八哥者，以八股爲性命，笑啼怒駡，一切談吐，無不從八股中得來。試輒冠曹，却不作一性靈語。學使案臨，例考詩古，八哥與考，詩題乃擬張壯武勵志詩。八哥洋洋自得，作七言絕句一首，出場捉人誦曰：「聽予新詠，一字不敢放過。曰：『吾人有志於修途，豈可如斯而已乎。雖然堂堂乎張也，亦當知其所勉夫。』」

陶南叟曰：緇經者必名妓，釀酒者乃真僧，躭戎馬者爲書生，考文墨者始戰將，以出三昧者入三昧也。歐陽不論文章，司馬不談正事，猶是強制其心之説。淳淳悶悶，渾渾敦敦，欽其寶，莫能名其器，庶幾哉。

烏木道士

戊申江南鄉試，一生虔禱韋左司廟中，祈夢，决中否。夜深就寢，見一黑衣真人翩然來謁，韋公曰：「君不可以爲道。」醒而愕然，不解其故。是科領薦後，被磨勘，罰停二科，以頭場次藝「日月星辰繫焉」文，有「於、穆」二字犯下，《孟》藝「孔子登東山」一節文，有「道」字犯下故爾。生悵悵而已。

旋以禮闈尚遠，就幕淮安。暇日偕客出遊，過關廟，見懸牌書「神機詳夢」四字。生以前夢述之，請詳。其人掀髯笑曰：「是何難解！黑衣真人，烏木道士也。曰『不可以爲道』者，吸後語『伐柯伐柯』是也。君殆有美中不足乎？」生悟「於、穆、道」字罰停二科，韋公示意，玄妙乃爾。

詹心葵曰：夢奇矣，詳夢者尤奇，豈亦烏木化身耶？即以其人之道，還解其人之夢。其人得中，道在是矣。

風水運

乾隆年間，閩中延平海嘯，狂飆三晝夜。民居漂蕩殆盡，淹死生靈，堆積莫辨。賑恤蘆席，爲之一空。先是，白洋村人見有赤身婦人，口吐白烟，向西南去，披髮狂奔，且奔且詈，若有追其後者。越數日而災作。

東城内有馮生，少失怙恃。其父爲人淳厚，教子綦嚴。生甫三歲，黄冠過其門，摩其頂曰：「此兒有風水運。」家人莫察其語，笑而捨之。翁夫婦既没，生煢煢無依，聚徒自給。鄰人巨富，海嘯時風卷其屋，生居如故。鄰翁他出，母女暫躲生家，並攜箱籠什物寄頓焉。鄰母心異，土木堅固，飄蓬若此，生家單牆薄蓋，何反無恙耶？

天稍亮，生起登城，探望風色，見白浪滔天，黑雲如漆，流尸浮滿，雞犬不寧。忽旋風一轉，兜生而去。生躡雲霧中，片時，墜一空船内。風力益肆，御風憑水，不知所届。自分萬無生理，安於劫數。少頃，風力稍殺，腹飢甚，船中一無所有，艄底惟藥箱一具。生想若得不死，將以換食，苟延旦暮。逾時風漸恬息，前望桅檣矗雲，旗罡飄颻，知漂到省城關栅。是年大比，士子攢集，衆中識生者，目眙半晌，以爲「適從何來，遽集於此」。生吐其故。衆代爲悲喜，引至寓所，餟以薄粥，衣以薄綿。生飢寒三日於風浪之中，不成人樣矣，一得衣食，健旺如常。生曰：「天降之客，流來之民，幸逢一葉，救命之恩，繫住槎頭，弗忍釋也。風乎水哉，吹我來，何不吹我去耶？」衆曰：「君癡矣，既來之，必有深意。天緣不可錯過，資斧幾何，寧區區者不予畀乎！」蓋生早遊泮，無力就試者。會有當道補送録遺，生得科舉。入闈，文思汪洋，風發水湧，幾不得拍。

場畢，謝同人，操舊舟到家，見己屋依然，鄰屋焕然。生被天風捲去，屈指二十餘日，人皆歎息曰：「天道夢夢，馮翁之爲人，不延一脈乎！茫無畔岸，何處招魂！」生竟貿貿前來，群疑鬼物。迨一一縷陳，咸毛髮森豎，想馮生不説謊話，其中殆有天乎。至催赴鹿鳴者來，益堅其信。

方鄰家母女之躲生舍也，秉燭終宵，詰朝不見，未知天風吹去也，疑其避嫌，疑其厭煩，轉覺耿耿，不識此子有生還日否。迨其歸而母心慰，迨其中而母心亦喜：「我女幸未占鳳，此子非凡，必以爲乘龍佳婿。」母有心，翁早有此心也，遂使冰人而委禽焉。一時佳話，延平人無不芬芳齒頰云。

明年春官不第，淹留會館。將尋歸計，忽聞有顯貴病脱症瀕危。醫官要用真烏龍骨，遍覓不得。生猛省想着落水時，船梢藥箱内有黑骨一塊，潤澤可愛，詢之博物者，曰烏龍骨，治虚脱症立愈。我時亦不爲珍貴，命工雕作小匣，以貯篆紅，餘爲扇柄，現在客囊，何不出之濟人？遂檢得，倒其篆紅，令取去。顯貴得藥果起，詰所自來，左右實告。知爲下第舉子，請面會。生冠服詣府，見儀仗森嚴，王宫彷彿，歷數重，始達書房。顯貴出，賓主殷勤，禮數優渥，開軒命酒，下榻賓廂。尋擕千金謝生。生不受，顯貴曰：「先生高誼，我知之矣。雖然，我必有以報之。」

逾兩月，顯貴扈從木蘭，令生進獻詩賦，稱旨，賜進士，除中翰，旋授郎官。年未三十，歷任郡守，買某郎故宅，改造門閭，巍乎煥乎。宅在南新街，較城脚一椽，相去奚止徑庭哉！此事寄廬叔官延平時目覩，且識其人。乾隆四十八年九月，爲我述於靜暉堂上。

夜航主人曰：一命二運三風水，四積陰功五讀書。下二項包上三項。老者立念不欺，少者埋頭不輟，際會捷於桴鼓。噫！一風水之遭耳，婚姻科甲，富貴顯榮，而且抵掌王宮，馳名輦下，頃刻二千石。風水之運，何限量哉！雖然，一人昇天，萬人落劫，風水運亦太不公。

白黑黑

趙聲谷云：蘆墟徐四，搖尖頭船爲業。戊申冬往弔烏程，曾雇其船。徐四年三十外，巨準鬍腮，頗有登徒之好。所狎蕩婦白黑黑，情甚濃摯。每過馬頭，或入城市，必買花粉香油等物，以媚黑黑。雖遭夥伴揶揄，不顧，且不諱。

舟泊璉市，徐大醉，出言無忌。趙指所買物件，戲問之曰：「歸遺細君乎？」徐四曰：「鄙人無婦，艾豭新得婁豬耳。」趙曰：「可得聞乎？」衆曰：「南州善談風月，趁此酒興，何不併爲一談，令趙相公聞所未聞也？」徐四曰：「鄙人蠢物，逸致閒情，未嘗領略，無已，其在頂門一針乎？區區未必敖曹，黑黑工於奪婿。但此婦議論頗明白曉暢，非匿男於箱、建坊於門者可比。嘗自言曰：『人盡夫也，時盡晦也，地盡床笫也。』又曰：『人生駒隙，安得極樂而死。』每與新交合，先具通宵蠟炬，光照無遺，魚麗鸛鵝，五花八門，從壁上觀者，無不失色。而夫人城未啓也，娘子軍益焰也，苟其棄甲，務必追奔。以故自揣力薄，且退避三舍，否則撩虎鬚者，幾不得生還。又嘗於所私者品第材力，曰某某曳落河，某某萬户侯，某某二千石，某某穿楊技，某某鑞槍頭，某某黔驢技，某某鐵中錚錚，某某則自鄶以下也。然而丁不能兵，戈難用武，相接以來，閲人多矣。所謂曳落河、萬户侯等譽者，不過誘掖奬勸，鼓勵人材，有是設無是技也。眼前行伍，舉屬槍鑞驢黔，自鄶以下，真無譏焉。惟徐四者，猶不失爲鐵甲錚錚，故願得而甘心焉。」黑黑又謂徐四曰：「儂年逾就木，相接恒河沙數，卒未嘗飽餐，奈何？」徐四曰：「人間無飽餐也。或遇五通九尾，給君一飽有之。」黑黑曰：「何謂五通九尾？」徐四曰：「五通能通五竅，九尾直達尾閭，皆引人到極樂境界，非尋常媾合也。」黑黑曰：「安能得之？」徐四曰：「求則得之。」由是沉思默想，朝夕焚香禱告，屏絶泛交，夢寐中常聽呼「通叔叔」、「尾爹爹」不絶，訖無效驗。嘗有意避雨浮屠，大小寺僧，齋遍無剩，猶不得饜足。乃手撫撞鐘槌曰：「願天生活佛，當作如是觀。」生平喜鼓譟，怕聽鑼聲。問何故。曰：「鼓作氣而鑼收兵也。」其性情如此。

顧西林曰：新近説部中，亦有號黑黑者，奇醜不堪，濫蕩無度，屠兒妻也。屠兒甚昵之，嘗詑人曰：「我婦奇怪，一涉巫山，天仙不啻，離寢如故。」里中惡少欲與婦狎者，故作不信，咸來就試。今徐四所狎，其母姓白，蕩性如黑黑，故曰白黑黑。嫁夫輒死。曾嫁過俞二，俞二者，余家舊僕，今死久矣。黑黑適俞時，常於我家走動，身子苗條，面紫棠花色，趺不纖而可觀，唇煞薄而善話，眉眼間有一腔媚態。

夜航主人曰：長康妙手，其信然耶？不下棘針，焉得傳神栩栩若是。

好淫類畜

男女媾精，萬物化生，人倫萬世，豈可謂之淫？山澤通氣，陰陽發洩，適可而止，豈可謂之淫？過此者謂之淫，樂此不彼者謂之好淫。好淫則近於畜類。經云：「禽獸無別，〔一〕故父子聚麀。」又曰：「不戒其容止，生子不備。」不備不成人，不成人，畜類也。非必果報彰彰，墮入畜生道，謂之畜類。即以眼前論，好淫者無不類畜。

試思踰牆鶩樹，飛簷漉格，善偷善走，跳梁升木，謂之人猿。倚勢凌辱，漁獵一方，令人恨不撲殺者，謂之人獠。軟綿綿，善靄靄，長跪待牽，服淫藿而交百遍者，謂之人羊。嫌短接長，纍垂尺餘，謂之人驢。苟且發極，由竇而進，謂之人狗。中人圈

〔一〕「別」字，《禮記·坊記》原文作「禮」。

套，落入溷圊，謂之人彘。白晝宣淫，生子無皮，若雛鼠然，謂之人鼠。故作屈伸，將進未進，如蛇遊洞，謂之人蛇。當場捉破，不殺而宫，操刀鐓下，喊若徵音，謂之人豖、人豬。聚麀不顧，梃而走險，急不暇擇，謂之人鹿。淫詞綺語，會意描形，墮入馬腹，謂之人馬。密約佳期，彈琴望月，謂之人牛。聞腥想喫，歷鹿而來，謂之人貓。中毒聲啞，謂之人鴨。瘡癩遍體，謂之人蟆。甘作秦宫，花裏覓活，脚撲搠而受淫，謂之人兔。暴殄天物，摧殘結髮，狼戾狼毒，謂之人狼。淘虚元氣，一交而洩，謂之人雞。隱身瓜田，縮成一團，蝟毛刺唇，謂之人蝟。槐影搖風，渾身黑服，謂之人鴉。房術變化，善擺陣勢，謂之人鸛鵝。縱慾坡陀，隆然背腫，喘聲圔圔，謂之人駱駝。未老先老，鞠躬如也，謂之人蝦。噫！好淫類畜，可謂無所不至矣。他如善媚之狐，遺群之鴇，縱淫之龜，戀交之雀，天性自然，不必言類也。至於鬻帆海嫂，雅善駝人，獺刺山公，頗思抱婦，非耳目所習聞見，不暇言類也。若夫虎豹獅象，鴻雁鴛鴦，一切義獸情禽，反不屑與好淫者爲類也。勘破人禽人獸關頭，斯全生物愛物種子，否則異於禽獸者幾希。

陸信潮曰：飲食男女，人之大欲存焉。聖人非教人絕欲也，則亦非教人爲禽獸也。

發乎情，止乎禮義，誰謂能綺語者不能格言哉！

十　鬍　子

阮薌瓢自山左還紹，過吾郡，飲之酒。座上談及東昌府某縣有王十鬍子，曾當衙役，斥退後，另尋生路，起家發跡。前年母誕，見市店裝潢對聯軸掛，悉錦緞綾羅，朱砂石青，赤金堆絹，不計其數，上稱「某母太夫人」，下書「通家眷侍生某」，則皆名公鉅卿的墨，尋常舉貢生員不得與焉。門首列蘭錡，停輿馬，蹲踏喧嘩，日以爲常，與衙轅無二。其家藏婦女百餘人，小誤輒撻皮鞭數十。内外人齊稱十爺，出則大聲呼伺候。宅内悉鋪氍毹，足不履地。姬妾滿前，聞其進寢，必有兩俊婢提紅紗燈引導，曼聲曰：「報娘娘，十爺來矣！」

薌瓢又曰：「其正廳堂宅，及花廳書房樓閣，並一切坐落，約爲三四百椽，我無從而到。其所謂好景園即王家花園，我頻過焉。園由尾門進，坳衕兩三折，計二百餘步，即琅玡古道，土木材料，無不分外精細。流池環繞，窈窕曲折，爲園中脈絡。有亭翼然，曰朗照。循欄而行，回廊五十餘武，始見峰巒突聳，名曰杜假山。山下曰香碧澗，皆有山水真趣。山路平坦，用雲南石子砌成。略斜幾步，上有飛白書『白雲深處』四大字。旁植楓樹，霜紅可愛。停玩片時，知命意典雅。自此以進，銅鐶雙閉，翁子內宅也，尚未觀止。下山一路逶迤，宛如虎邱十八曲。至一石坪，平曠可坐千人。東北高樓三楹，曰望星。緣石梯上，開窗縱目，攬園之全勝焉。橙黃橘綠，益信園之名不虛，而我游正當其時也。清商四起，響遏行雲，主人內宴也。翁子最好聲色，亦好文墨。故縉紳先生遊園，必得流連讌飲，徵歌選色，盡歡始返。望星樓上下，潑墨淋漓，貴遊題詠，檝檝多於蒲東笋矣。外若小金谷，即銷金谷，半枝棲、瑤島、松巢、飛來第七峰、休休堂、延青閣、紫雲窩、紅蓮榭、望梅、立雪等，名勝甚多。惜窘於日晷，又懶於應酬，屢遊屢不得暢。要皆不若望星樓、杜假山高標而幽雅也。後翁子敗事，園入官地，今不知何如改觀也。」

翁子少孤，母改適王姓。王死，不能自給，爲官家傭媪，隨宦粵中。翁子乏食，爲僧不了。賴相識幫扶，充當衙役，稍得立身。尋因作橫斥退。潦倒難度，遂奔波母所。逾年，與某公子有斷袖好，游揚當道，得爲長隨。某公極任之，囊橐漸裕，娶妻亦能伺主人色笑。內外重用，積貲益饒。後奔走數省，販賣輒獲數倍。某公歿，夫婦經紀其事，所有金珠重器，密運東歸，仍哭泣盡哀。人咸義之，不知其家已素封。板輿迎母，起建房屋。太夫人福壽駢臻，無忘其所自來云。

夜航主人曰：一所好景園，被王十鬍子占住，風景殺盡矣，浮一大白！一所好景園，又從香瓢口中吐出，風景更好矣，浮大白！

天宮舊套

江右鄒生，少年聰俊，濯濯如春月柳。娶婦靜好，琴瑟諧甚。一日，生偶調婢，婦覺之，大相反目，生負氣出門。時春光明媚，信步郊外，見紅欄紫陌，人影衣香，藉以撥悶。薄暮將歸，迷其去路，旁皇道左。有婦人年約三旬，身材鯽溜，秋波直注生，曰：「來，妾導君好處。」

生素佻達，欣然尾之，長街短巷，幾歷紆回，忽見門第巍峨，大家官閥。旁有小衖幽邃，前後無人。生戲執婦手曰：「卿將超度我乎？」女低聲曰：「君將超度妾也。」且笑且行，衖盡見山，沿山兜轉，聽鴉鵲喧啼，參差古木，粉牆以牡蠣築成，知前第之後園也。園扉之側，另有小扉。婦將入，指垂楊樹下顧生曰：「君於此少待，我即來。」

未幾婦出，含笑挈生入。回廊曲折，屋宇深沉，不知幾經院落，始到樓梯。戒生輕步上梯，樓門口早有珊珊然靜候者，曰：「來乎？」婦曰：「來矣。」引至複壁密室。室狹僅容一榻，匿生在内，昏黑不辨五指。前婦曰：「郎君餒矣。」攜飯至，肴饌精美，入口方知何品。

鼓三棒，先後來就，觸肌溫膩，吹氣如蘭，抱定還疑玉是烟也。生本偉器，及鋒而試，衆驚且愛，覺無數柔荑，輪摩鬬筍。暗中酣戰，狎褻備至，正如六賊戲彌勒佛，而仍無半面緣也。自此肉屏風内，無夜無明，生不覺奄奄垂絕。群女倉皇無措，乃以獨參湯櫻桃口送進，始甦。生含淚乞骸骨還鄉。許之，引導如前，達闤闠，始知入於坎窞七晝夜矣。

歸至家，咸相錯諤曰：「郎君知有屋乎？九江空往返也。」生婦翁爲九江府廣文，家人疑其避吼一往，已遣僕追去。幸七日來復，闔家安慰，遂爲夫婦如初。生遭狼藉後，如醉如迷，神思散越，大病數月，得良醫始愈。初，家人詢其七日逗留何地，生含糊應之。及見病劇，疑有他故，嚴詰之，得實。家人又大駭，以爲鬼狐作祟無疑。獨其西席王孝廉曰：「非鬼狐，天宫舊套耳。昉於賈后，盛於嚴府。」

夜航主人曰：竹垞詩話云：秀水右族，有家庵郊外，使僕守之。五更，有女子自稱小水人，吟詩題壁。僕懼，翻經朗誦，思借佛力以速其去也。女笑曰：「經從佛出，佛豈在經耶？」天明，拔金簪三掠髪而去。詩曰：「只見船泊岸，不見岸泊船。豈能深谷裏，風雨誤芳年。」「經從佛口出，佛不在經裏。郎在妾心頭，郎身隔千里。」噫！永巷長年，離情終日。緑綺琴中，知音難索；黄鸝花下，好夢方回。兒家門户重重閉，春色何因入得來。奉勸世人，天宫一度，勝造七級浮屠。

卷三

絳囊三品

偶閲《宋史》：「天禧末年，天下茶皆禁止，主吏私以官茶貿易，及一貫五百者死。自後定法，務從輕減。太平興國二年，主吏盗官茶販鬻錢三貫以上，黥面送闕下。」歐陽文忠公上奏：「往時官茶容民入雜，故茶多。今民自買賣，須要真茶不多，其價遂貴。」予想今若此，渴煞人矣。葉生在旁曰：「我與君無礙。菖蒲汁，橄欖湯，亂嚼檳榔木，儘可應酬涸舌。所苦者眉生耳。」

眉生者，進士新淦令尊鄉公次子，酷嗜茗茶者也。生嘗曰：「安得人盡王蒙，我常水阨，足矣。」又曰：「茗茶味苦，益人知慮不淺。」座右書一聯云：「健身却緣餐飯少，詩清每爲飲茶多。」喜硯石，善清談，麈揮玉映，香屑霏霏，竟日勿厭。遇龍團、雀舌、蒙頂、日鑄，則漱口汩汩，枯腸沃透。若清明後，勿潤喉也；穀雨後，勿沾唇也。每造友家，輒自帶茶，恐主人茶弗佳也。主人豔其茶好，恒與索之，於是座客盡索之。

生窘甚，歸家制絳紗囊三枚，上囊曰「原」，中囊曰「法」，下囊曰「具」，依陸鴻漸《茶經》三篇之名而名也。上繫領中，中繫肘後，下繫腰間。上貯絕妙佳品，非原原本本，殫見博聞，兼詩骨高超，功深養邃，有益於己者，不得丐其餘瀝。若胸無城府，語亦中聽，可以中囊之法字號與飲，然已不可多得。目前之士，口頭之交，下囊應酬而已。此絳囊三品，何啻錦囊三妙。

一日，在船埸巷寓中，夜深談倦，酣睡。醒起，日高三丈，倉皇着衣，顛倒繫囊而出。抵暮還寓，笑孜孜謂主人曰：「咄咄怪事。今日遇一博物君子，超等人物，竟甘我囊下之具。」

脱雅調

京師王阿髫子，極勢利。寓某衚衕，時有兩姪來趨候，一秀才，一童生。王留秀才飯，聽童生自去。好事者作時文腔譏之，中二比開合云：「惜也王二僅得爲秀才也，假令其上而爲舉人，爲進士，爲翰林，王阿翳子方將掇臀放屁之不暇，而寧止於留飯？幸也王三猶得爲童生也，假令其下而爲皂隸，爲奴僕，爲乞丐，王阿翳子將揮拳勒臂之不暇，而寧止於不留飯？」此話舊矣。

乾隆戊申，學使胡公科試蘇州府學，《四書》題「子游爲武城宰」一句。某生出場，背其考作云：「惜也子游僅得一行作吏也，假令達而在上，將大道之行，三代之英，大同之化，方將藉手而報君相之知，而寧止於爲宰？幸也子游猶得涖治偏隅也，假令窮而在下，則詩書之説，禮教之登，几席之間，不過簪筆而卒文人之業，而又安得爲宰？」人曰：「此可謂脱俗調。」

蔣心餘《空谷香樂府》：江都令魯學連，舟次錢塘，得詩二句，云：「袖中吳郡新詩本，襟上杭州舊酒痕。」某生素滑，其近鄰富翁，自羊毛塲遷由斯衖，由斯俗作牛屎，生贈詩二句云：「袖中牛屎新詩本，襟上羊毛舊酒痕。」此可謂「脱雅調」。

蛇味最美

嘗聞有大毒者必有大美。叔向之母曰：「深山大澤，實産龍蛇。」蛇亦龍屬，其味必美，人鮮能知，以食之者寡，不比魚肉雞鵝等物，同然悅口。百粵僻壤，嗜好各別。三楚兩廣，猶近地也，食者頗多，捕者苦不易得。

予族弟客粵多載，庚戌省歸家，説及廣中土宜，蛇最貴，鼠次之，蜈蚣、土笋又次之，犬豕牛羊不貴。舊例三院到任，蛇户獻蛇重一百二十斤者爲上味。其蛇産萬山中，求得其穴，先以茅竹片鋭其端，周穴旁植之，相連四五里，人咸具糗糧，於六七里外守候。蛇將出穴，先有大風，腥聞數里。蛇户伺之。須臾砉然直出，觸着竹尖，遍身劃碎，血流滿地。更蟠縱里許，力疲撲倒，爲人所獲。其肉香美肥脆，在豹胎猩唇之上。

有大僚官粵，甫下車，巡捕稟稱鄉保獻土儀，陳列盈庭。大僚見巨蛇在中，謂其恐己也，怒而責之。過十日，又獻之，又責之。越一月餘，鄉保數人共舁一大蛇，較前數倍。大僚又欲責之，鄉保情急，伏地乞哀曰：「蛇以百二十斤爲率，今仗光威，忽得二百餘斤，無有踰於此者矣。」叩額而出。大僚怒且異，進白幕友。各譁然曰：「此不易得之物也。糟之作臛，祛風疾，和肌理，大有補益。公幾乎錯過！」急納之，闔署皆食。時弟亦在座，尤大啖之，曰：「世間無此味，不食不知其旨也。」

夜航主人曰：獻蛇之役，楚粵古例。吾鄉前輩葉大理公，相傳其巡粵時，海寇劉香老掠高、肇等地方，公撲滅之。某公督兩廣，高宴群僚，公以凱功上座，治具者先捧巨蛇出，公直駭起。某公笑曰：「南陽受寵若驚。」

豎耳朵秀才

盧生號豎庵，世本廬山。始祖蹇齋公，由錦衣衛平宸濠有功，封都尉，從上封泰山。没於王事，邺贈將軍，至今墓在封禪壇北。生清癯露骨，長面大耳，頭骨昂藏，絕無儕輩偃蹇相。其舅翁馬靈胎先生，旅食京華三十載，歸見生，曰：「似汝人才，盧家千里駒也，豈長爲人僕僕耶！」幼喜修飾，饒興致。予賀歲扶風，生正作麒麟植玩耍，見客狂鳴奔跳。值馬翁出，叱之而退。

年甫齠齔，文思沛艾，每角藝騷壇，虎將不敢與敵。長於吟詠。每欲作詩句，輒伏長林豐草中，冥搜默思，有得，直躍起曰：「得得得之矣！」遇者無不驚倒。若推敲未安，雖來貴官籠頭，弗知避焉。詩集數種，曰《落釵》、《遠遊》、《驚羽》、《飛星》，總名之曰《灞橋風雪吟》。

寓京師，入法雲寺，以《松聲詩》受知於王慕宣先生，集皆先生爲之敘。生懷抱偉器，先生賞識之，而防閑甚峻，每謁，必屏姬妾，曰：「諸公之口，不可不杜。」今年春，自華陰道上歸來，疲乏不展。會諸葛子寓鍾山別業。與寺僧逆，大惱，踏破禪房器具，終宵不寧，幸諸葛子力解，始寐。鄭生又桀曰：「豎庵盧生，非凡才也。馴良中時露驕傲，拂其意，雖王公大人，不肯帖耳而服。不然，尋常販夫豎子，委以重任，負之而趨。」

慕先捐館吳門，群客彙吊於張果老巷中。豎庵忽效孫子荆哭王濟狀，抖擻躑脚狂叫曰：「君輩常存，此人獨死！」

形體酷似其舅。劉學使案吳，於生有「的顱」之目。某大人爲書院山長，評其文曰：「條發穎豎，生氣勃勃，非時下紙糊黔畫伎倆。」然而曉風殘月，消受多年，一領青衫，鏗鏘南北。苦挨麥磨，并不得廪食膏火，附庠附院，聲名始終直豎，人多呼之爲「豎耳朵秀才」。

夜航主人曰：俗呼豎耳朵，又呼調皮，皆驢馬不循良之呼。以呼驢之聲呼盧，過矣。顧與其搖尾乞憐，毋寧豎耳倔強。

産珠致富

吳郡麗娃鄉民家，有女子殊色，身軀嫋嫋，舌吐兩花。十五嫁同邑某子，伉儷極合。結褵多載，竟不生育，探之亦無病。翁姑急於抱孫，欲謀置側室。子、婦俱不悅，曰：「安見石田卒不獲耶？」翁媼無可奈何。

後年餘，婦忽發嘔厭食，偵其動靜，大似懷孕。踰時腹膨膨，果有娠矣。先是半月，茅山道士過其門，曰：「内有妖氣，然無害，而且有獲。」衆不以爲意。比臨蓐，瞥見精光滿屋，催生媪大駭曰：「冷氣逼人，怪物將出！」俄見小黑蛇從母腹中下地，口銜明珠一顆，光燭内外，向母蟠繞，若貢獻然。家人惶懼萬狀。産婦恬不爲怪，勸家人藏珠於櫝，放蛇於野。從之。

後有江西客來求珠。珠長徑寸，圓光晶晶，不世之寶也，竟售黄金千兩，遂成巨富。後某爲嗣續計，將買妾，女曰：「一索而得千金，再索而得千金，錢樹子勝宜男花遠矣，亦又何求？」某曰：「千金不能承一脈也。」婦不悅，曰：「恣君之所爲。」納妾生子，名曰後龍，從此胎珠户閉，雖屢叩不納焉。

夜航主人曰：産蛇一事常有之。金竹安云：乾隆年間，王家溪人家一門盡到天竺進香，僅留一僕守家。僕新娶婦，風俗有暗房之忌，男女居室，未彌月者，謂之暗房，不可入廟門，又恪守《功過格》新娶勿遣之例也。僕偏會作樂，時牡丹盛放，趁家中無人，具酒肴賞花。夫婦大醉，即於湖石洞中肆歡媾焉。不一月，婦腹隆起，僕疑有私，嚴詢不服。延醫診治，醫曰：「尺脈巨溜，胎氣無疑。雖然，陰邪竄入，毒氣混投，汝曾犯非禮房事乎？」僕以實告。醫曰：「是矣。」同到花石岡下，仔細窺探，見山背洞中，深寒腥濕，顧僕曰：「曾於此間得少佳趣乎？」僕首應之。命燒雄黄、桂園殼，熏入洞奥。良久，一巨蛇昂首撩舌而出，斃之。飲婦以攻毒散大劑，灌入。夜半内逼，下小蛇數頭，蠕蠕欲動，病才霍然。

今年四月下旬，予過葑溪東營里，忽見人頭擁擠，沸響曰：「看養蛇去。」予隨到東湖邊，目擊一蒲包，血裹花蛇三尾，長約四五寸，黄質黑章，蝡縮其中，近村某村婦所産也。惜乎懶惰性成，不及湖濱細視，致有遺珠之歎，否則獲千金於曠野，未知可耳。

活截魍魎

乾隆五十年，吴中大旱，斗米四百，民多爲僞。街巷稍涉幽僻，人莫敢過。過則衣帽零星，無完全而歸，傍晚尤甚。有無錫客肩錢三千，過王廢基，時届殘年，積雪盈野。客未攜火照，前面古塚内跳起一長身鬼物，白衣朱唇，狼牙睅目，肩山丈餘。客嚇倒。鬼彳亍前來，將噬客。適遇醉漢，狂歌而行，瞥見白衣擊客，怒髪直指。醉漢業棺匠，極有膽力，大聲喝曰：「何物惡鬼，雪夜迷人，吃我一斧！」當腰直砍，鬼應手而倒，作人字式樣。醉漢亦跌，撑起，即以釘鞋亂踏。鬼乞命討饒，不聽，乞益哀，踏益猛，雪爲之絳。須臾客起，醉漢亦醒，因思鬼何能作人語，殆非鬼耶？客覓火細照，乃匪徒劫客，伏戎於莽，製一長白衣，人肩人而扮作魍魎嚇客者。天明，執送官府，褫其白衣，擊斷鬼腿，峻法治之。後遂無魍魎者。

敲梆鬼

内舅沈鴻開，八十餘歲老翁也，子早喪，一遺腹孫。嚮在南濠開山貨行。其孫少年耽酒，不事生業，家計益落，乃以休休庵前老屋售去，僦居郡治後大衛街内。街之東北多墳厝園，地甚荒冷。

乾隆庚子春，予寓葑溪，有邀虎邱看玉蘭者，入城已晚，不及回寓，因訪到衛街中翁處歇宿。翁内室三楹，媳與孫東西居，己居其中。後面一空地，圍牆外皆曠野，蓬顆蔽塚，纍纍如也。家人以我至，設榻於翁榻之旁，話久燭跋，各歸寢處。三更後，忽聞敲梆聲三度，每度三響，聲甚悲凉，不移他處。予以刁斗宵鳴，警夜常事，何此聲之大不類也？未幾睡去。

明日，翁之寡媳杜母謂予曰：「君昨夜有所聞乎？」予曰：「正要問及。」母曰：「敲梆鬼也。儂移家來兩月，夜夜聞之，不爽晷刻，風雨晦明無間也。詢之鄰人，亦云如是，不知何怪。」予未敢信，且攜木梯倚着圍牆，仍然出門閒步。

是夕，赴友人宴。主人好長夜飲，扃鑰留客。予以聽梆心事，乘間抽身。翁已遣人伺候，到家，翁睡，予與其媳、孫茶話移時，遂各安寢。予謹留醒眼，以待牆外好音，不敢解衣寬帶。比二其時，猛聽一聲，急忙啓户，匿足上梯，偷覷牆外。時月色朦朧，見聲自荒塚邊槲樹下起，旋伸出一和尚頭來，隱隱探望。予急揭牆上磚瓦，對針連擲，覺聲簌簌顫動，若不勝其痛。予下梯開門，將到荒塚處蹤跡之，翁阻乃止。比曉，同其雇工阿計，到槲樹下，見枯草中血痕幾點，知爲牆頭磚石中傷。予謂阿計曰：「鬼血尚在，鬼何往乎？」自此寂寂無聲。斯亦魍魎之流亞歟？翁止開門，正窮寇莫追之意夫？

丫頭嘴快

甲寅秋七月，蕭瑤生、王半瓢、羽客袁鑒之，同飲山塘野芳浜趙家船内。酒數巡，半瓢出令曰：「各説古人詩一二句，要切座客隱病。」起曰：「白眼看他世上人。」瑤生目眇，故云。鑒之當杯曰：「老年花似霧中看。」半瓢短視，故云。瑤生云：「趙家姊妹多相忌。」大姊曰：「儂家無忌，酒到便飲。」遂曰：「閒敲棋子落燈花。」瑤生夫婦日夕對奕，因事反目，三日不彈，隱病也。半瓢尋思無所得，蓋以古人詩句，中今人隱病，原一棘手事，偶見二姊臂上有兩三紅點，遂曰：「幾回錯認守宮砂。」鑒之曰：「守宮砂非隱病，罰酒。我與王郎改正，何不云『玉盤三月有楊梅』耶？」瑤生含笑曰：「君可謂『好肉上做瘡』矣。」大姊當盞，曰：「種桃道士歸何處。」衆問隱病何着？二姊曰：「未完也，君等何急性？」奪姊杯自飲曰：「前度劉郎今又來。」道士爲劉少府膩友，今又來寓觀。衆譁然曰：「丫頭嘴快，想蜂針不過是痛！」於是半瓢覷大姊裙下曰：「剪得石榴新樣子，不教人見玉雙鈎。」明人陸無從戲馬湘蘭句。相傳湘蘭蓮屧欠纖，故有是嘲。衆曰：「詩句切隱病矣，詩人不甚著名，應當議罰。」半瓢不服，後梢雛姬，乃三妹也，翩然下艙曰：「我來送和氣湯，何不竟云『濯足萬里流』，爲天下曉得。」衆閧席大笑曰：「丫頭嘴更快。」

顧騎龍

南廬叔家閽人顧騎龍，狀貌煞醜，兩眼頳紅，至晚不見，面皮如漆，掀鼻歆嘴，令人欲唾。然其天性醇雅，口無穢語，恬澹自如。後叔家業中落，諸事裁減，賓客漸稀，司閽不用。騎龍爲他人牛馬，東奔西走，稍得自給。性嗜文墨，躭書籍，雖斷簡殘編，珍踰拱璧。並喜作詩，信口脱出，綽有情致。

記其販瓜到我家來賣，予戲之曰：「聞爾能詩，即以賣瓜爲題，可乎？」騎龍應聲曰：「郎君端的買西瓜，儂賣西瓜價不差。包拍大紅兼蜜練，竹爐無用再煎茶。」予讚歎之。騎龍喜不自勝，更述近作云：「佳人獨宿千千萬，才子孤眠萬萬千。老天若肯行方便，兩處牽來一處眠。」予又大笑之，多與買瓜而去。

未幾娶妻，妻貌與夫貌天然匹合，兼有臂力，能舉石臼，寡言笑，勤儉清潔，善事良人。予嘗過其家，見一室翛然，蒔花養魚，破窗頹几，不着纖塵。夫婦各爲人家傭作，朝出暮歸，沽酒對飲，相敬如賓，冀、梁〔一〕不啻也。一日夫歸婦未歸，騎龍作《塘上行》一首云：「塘上行來心事違，採蓮歌斷思依依。鷺鷥白首猶同宿，莫遣鴛鴦兩處飛。」識者比之張、王樂府。

玉如弟舟過吳門百花洲，見浣紗女綽約宜人，謂騎龍曰：「彼何人斯，何若此之麗也？」騎龍正色曰：「主有陳思之才，僕非陳思之僕。僕僅守《太上感應篇》見色不顧之訓，主之所見，僕未之見也。」遂有「回頭若看閑花草，要折秋風桂子香」之句，規主人也。蓋雅人深致而道學居心者。

未幾，其妻病死。騎龍作歌哭之曰：「嗚呼我妻兮，何棄我而逝兮。念生前之勞苦兮，幾時而得乾淚。悵鰥魚之終夜兮，何年而得安睡。盍從汝於夜臺兮，作雙雙之鬼魅。」朝夕哀奠，鄰人爲之悲慘，曰：「若愚甚，妻死再娶，多哭何爲！」騎龍作詩謝

〔一〕「冀梁」二字疑有誤。據文義似指梁鴻、孟光。

之曰：「但見街坊旌節婦，不聞街坊表義夫。可憐世風日澆薄，使君到處皆秋胡。」終身弗續鸞。

過家塾，見諸郎讀書，騎龍攢眉曰：「小官人不用讀書，且讀二十四孝足矣。讀通書而不知父母，縱然做得官來，做不得人也。讀云乎哉？官云乎哉？」

袁廣人曰：藹然和氣，穆如清風，人倫無憾，誠實不欺。吴郡人文淵藪，彦先之後有茂倫，茂倫之後有騎龍。

徐玉官怕鬼

昆山東南門外徐玉官，年二十許，成衣爲業。面白皙，性憨騃，膽怯，畏鬼魅。遇人談鬼魅事，輒近人身，貼着不肯去。然極畏鬼，又極好聽談鬼，一聞談鬼，輒喚奈何。

嘗在城内人家做衣，夜間逼靜，同夥竟談鬼魅。一人説縊鬼最凶惡，往往尋人替代，扮作好女迷人，忽然慘變，披髮咋舌，以圈套擲人，無不被害。又有摸壁鬼，伏牆壁間，伺人走過，吐冷氣攝人魂魄，倘無所施技，則以衣袂障人，周圍旋繞，令人奔投無路，謂之鬼作樂，又謂之鬼打牆，以便溺澆之，可破其法。談至夜分，夥出如厠，玉官獨坐，猛想鬼話，如在目前，毛骨竦然，無處躲避。王家婦孀居能幹，刻出督工，恐其匿料，聽無人響，潛來照看。玉官正恇怯之際，無人相伴，見婦出，直趨婦懷，雙手抱牢曰：「娘娘救我！」婦大罵曰：「成衣無禮，趁茲闃寂，調弄老娘！」家人奔集，拳棒雨點，玉官口不及辨。少頃，夥來請罪。婦氣不平，曰：「我要問渠若何苦難，望我慈悲？憑何救法？」衆曰：「別無他意，渠年少膽怯，望娘饒恕。」婦曰：「渠膽如天大，而云怯乎？爾等狐群狗黨，妄想天鵝，不爾饒也。」衆再三哀懇願罰。婦曰：「要罰楊幫套袴一聯，鑲邊鴛鴦肚兜兩個，玄色湖縐貼襖一件，洒花放樣開襠一條，且要針針好手法。否則敲斷脊筋，送官辦去。」衆唯唯惟命。

玉官自遭挫辱，想本土無緣，莫若喬遷郡中，且其母在包衙前人家做針線娘，諒有照應。一夜過烏龍巷中，前有靠牆而立，候門啓者。玉官猛然想着，所謂「伏壁鬼」者非乎？伈伈俔俔，繭足不前。彼人以爲黑夜無火，婆娑曲巷，非奸即賊，直前窮詰，見背駝包裹，躲閃萬狀，益覺可疑，遂以犯夜執之。幸有忠厚長者，好言審其本末，始知彼以此爲鬼者，此以彼爲賊也，究之兩相誤者，旋兩相釋，並與玉官火照。

行至中途，風緊火烈，瞬息燼矣。仍在暗中挨至小巷，望有火光，見兩少女縞袂湘裙，倚門相望，候隔壁新遷家眷。覘其年貌大小何若，玉官心搖搖如懸旌，想必縊鬼尋替代，否則衣裳楚楚，深更窺探者謂何？女見玉官來，以袂遮蔽。玉官益信衣袖迷人，詢不誣也，此僅作勢，其術無窮，我命休矣。幸有急策，忙解褌襠，聊復爾爾。二女並喊，鄰家搬什多人，聞喊畢集，火光炯炯，一少年男子，褌帶未繫，雙手捧着呆鳥直對女家門首，僵若木偶。二女含羞略覷而進。衆怒難犯，拳足交相加，百口莫辯，體無完膚。幸鄰家有老媪，與玉官母熟識，詢知玉官，乞衆始釋手。扶至母所，東方已白，包裹不知所之，衣店卒開不成。

夜航主人曰：長卿遇一闋，交甫遇雙珠。無論陰陽虛實，幻境即是樂境。憨兒惘惘，積畏生疑。此客豈能作賊，斯人可謂無禮。不逢忠厚長者，定與梁上君子游矣，詎直前後淋漓已哉。

鬱林夢驗

先叔祖松亭公，乾隆壬申副車，博聞強記，胸羅全史，往來南北，屢不得志。掌教武昌勺亭書院，夢冥王召入殿下，公以家事未了，乞緩時日。王曰：「不索君命，但索君一臂之力耳。」醒而異之。旬餘，其弟虞諧公訃至，始信陳壽《三國志》王修謂袁譚曰：「兄弟手足，譬人鬭而斷其一臂，可乎？」所云索一臂之力者，索弟命耳。

又嘗夢入山左汶上縣，若有留之者，曰：「君可盤桓此處，待荷花開時，送君歸棹。」不數日，閔撫軍峙亭先生聘爲西席。明年五月，撫軍罷任，公亦還里，始信汶上閔子所在，荷開返棹，豈非五月歸家乎？

晚年家食艱難，屢想出仕，以選期將及也。時予下榻十廟前劉別駕府中，公適過別駕，飲之於桂林書屋。夜臥樓上，天甫明，公喚予曰：「昨夜游雙桂樹下，香窟中蟠一巨蛇，屈曲在內，驚起，知爲夢，不識何兆，得毋選桂林乎？」予曰：「近則近矣，未確也。山谷詩曰：『土人烹鬱屈，山鳥叫鈎舟。』蛇爲鬱屈，雙木爲林，必鬱林無疑。」既而果然。

蠢東西

朱虬庵《品類》曰：「家廟在東，故稱東家。書塾在西，故稱西席。東家、西席之名昉此。」吳下有延師訓子，東家穢鄙齷齪，又喜陽秋人物；西席某人，更清奇古怪，恃酸傲物，睢睢盱盱，皆妄人也。以兩人爲賓主，我知其齟齬不相入矣。

一日，西席戲題齋壁曰：「東家東，假富翁，肉骨頭拷鼓，葷鼕鼕。」東家見之，亦題四句答之曰：「西家西，弗希奇，一千年麸殼，老麵皮。」西賓不知自侮而人侮之也，勃然變色曰：「我乃西府仙班，佇備西清供奉，暫寄西湖講席。君不過偶然東道主耳，遼東之白，奇貨自居，殊不值一噱。」指壁上《採蓮圖》曰：「以人物論，西施寧久微者，君若效顰，不且駭殺人耶？」又指盤内瓜皮曰：「以食物論，西瓜沆瀣滿腹，清沁詩脾，貴品也。東瓜塊然一包破絮而已，其他可知。」東家曰：「嘻，先生何太不知丁東也！夫東方者，春産萬物之聖也，東鄰殺牛，東方烹狗，予人者不必驕人，生物者自可殺物。而且大明東生，扶桑東升，非若君薄西山，氣息奄奄者也。而且平秩東作，勞勞耘耔，君之西成，東作之餘瀝耳。東嚮躬桑，紛紛蠶飼，君之西綾，東向之餘溫耳。今我小東大東，杼軸其空，而西人之子，粲粲衣服，職勞不知來也。噫，自我徂東，誰將西歸？而猶自高爽氣，罔念吹噓，無惑乎西華之不振也。繼自今旅獒，請即還鄉，馬首不勞我向，王母且勿遥臨，小兒別尋偷處，料君亦何面目見我父老哉！」賓固西家之愚夫也，聞東家某言，艴然不悅曰：「予豈踰牆而摟爾家處子乎，何逼我一朝喪地也！」攘臂而起，忽聞屏內獅子大吼曰：「何物西狗，大肆猙獰，憑他弱水三千，試我鴻溝一岸。急喚東床，卷此西席。」賓知東皇得令，一齊着力，欺我西山餓夫。不覺西番大笑，肅衣冠而奔訴南嚮者。南嚮者曰：「何事？」左右曰：「東西事。」南嚮者大悅曰：「快拿東西來！」左右曰：「東西進。」南嚮者拍案怒曰：「如此蠢東西，我不用。」

黃湘帆曰：此案難斷，直要李卓吾來做縣官，乃得向東耳。卓吾嘗曰：天下有東無西，故但有東、南海，並無西、北海，此鐵案也。否則意於東而東，意於西而西，何定向耶？陳二軒曰：何處無東西。若以東西搬演，恐連山倒海，猶不盡焉。尋一狹窄路以寓詼諧，可謂不知西東者作指南車。

水府需人

維揚鮑十洲之舅孫尚標，少攻舉子業，穎悟絕倫。生平慷慨好施，錢財過手輒盡。自歎曰：「靈氣爲人，何修得此，乃銷磨於阿堵物耶！」視世之附羶逐臭、掂斤播兩者，都不入眼。父母俱逝，無力讀書，從估客販貨漢口。舟次鄂州，夜泊橋下，宵分，夢一青衣人呼孫起，曰：「客會算乎？」曰：「會。」袖出算法一本考之。孫進退乘除，珠不停走。青衣搖手曰：「住！未精，不中用。」又問：「同伴中有會此法者乎？」孫曰：「在孫山之下。」青衣怏怏，納悶不已，曰：「我水府使者，新任府君以府中乏人，大爲躊躇。現需三人，要一工書寫，一工會計，一工彈唱。撥我尋訪，限五天報命。今前後兩項已覓得之，會計尚無着也。事迫矣，將若何！」攢眉而去。

閱三日，洞庭湖風浪大作，舟覆溺死三人，一諸生，年未三旬，書名江夏，餘兩人想必神明於會計、沉浸於聲音者矣。孫以算不如人，見棄水府，生還江上，以彼易此，孰得孰失，仍當質諸算博士。

趙昆吾曰：人各有能，能各有用，幽明一也。但陽界館師多如薪積，不聞水府中有過而問之者，豈皆不中用乎？抑管絃嘲哳之中，不暇習冷淡生活乎？抑水府泉竭，亦如陽間救死不贍故乎？無怪乎抛殘編而執他技者之紛紛也。

夜航主人曰：前年六月，右湖中舟覆，死三人。三人各有所長，想亦水府聘去。暇日爲《公無渡河歌》吊之云：公無渡河公竟渡，馮夷震疊老蛟怒。呼號莫應力莫支，船背朝天天不顧。彭咸之居久寂寥，不速之客符其數。溘然脱去臭皮囊，三子殊途同歸路。或爲水仙或波臣，一曲清流足佳趣。倘從汨羅騷人遊，角黍綵繩五日度。倘隨洛川神女駕，羅襪凌波看微步。尾生橋下潮自來，太白磯頭月可捕。祇恐蕩性狎楊花，但逐萍蹤日流寓。縱然水底富鮫綃，淚珠焉能給紈袴。我思河伯何不仁，坐視淪胥弗回護。孤人之子寡人妻，魂魄含寃應泣訴。公無渡河公竟渡，湖心亭子招魂賦。狂夫白首尚不可，怯緑少年毋乃誤。

顫聲嬌

媚藥中有名「顫聲嬌」者，相傳以未連蠶蛾及鳳仙蟲、五味子等合成，服之，入房敷施，能令翕受者醰醰濃粹，情不自禁，必作無病呻吟者，故以是名。此皆情欲泛濫之所爲，若尋常諧合，恐無是理。

南濠牙儈出店者周馨，向爲友人舊僕。甲寅冬，跟予往浙，舟中説及其村中婦，有渾名「顫聲嬌」者，爲里無賴「轉身黄」騙銀三百金去，里中至今爲笑柄。予喜欲聽，周爲我縷述詳甚。

「轉身黄」姓展，號聲煌，以其語言黄六，故呼「轉身黄」。展年三十許，面相可觀，身雖跳梁，却不喜近婦人。好賭博，囊空如洗，無處借貸，因念「顫聲嬌」錢鈔頗饒，舊日鄰居，年來契闊，未便啓口。大凡告貰，必向心腹，從未有執途人而貸粟之理。又想牢籠蕩婦，非投其所好不能，俯視下體，其細已甚，齊大非耦，奈何！踟躕久之，妙想天開。時當暑月，即於瓜田中摘王瓜一條，繫着腰胯下，纍纍垂垂，籠紗褲於外，直造婦所。婦刺繡餘暇，口銜烟袋，倚門閒望。展前施禮，故作殷勤，并呼：「嫂嫂，還認得否？」婦非落落難合者也，一見如故，遂曰：「參商多載，髯戟將生，君何風吹得來耶？」蓋展雖不以婦爲念，婦當比鄰時久目成之。一朝命駕，上下端詳，有不暗中水乳乎？展修容止，頗不惡俗，道達情愫，娓娓中聽，遂吐心事曰：「慈親骸骨，尚未安土，養兒不肖，鬻身無主，刻需十金，佳城可到。嫂能慨借，子母青蚨，即日完趙。」婦曰：「凡民有喪，匍匐救之，况妗子儂愫佩服乎？窀穸有期，敢不如命。」回身入内，頃刻十金雙手遞展，并曰：「葬親宜厚，些些恐不濟事，缺少再來。」又曰：「稾砧山上山，妾作守錢奴，思逐什一之利，不得其人。君事畢，敢煩商議。」秋波一轉，無非爲匣劍帷燈地也。

展謝而出，賫金赴局。呼盧喝雉，霎時罄盡。借馬孤注又盡，又借又盡。展氣填胸膈，歸家一臥三日。因想若要繅長膽大，仍需柳下懷中，繫瓜而行，復到顫聲嬌處。婦笑臉相迎曰：「事畢乎？」展曰：「畢矣。嫂托我尋債主，頃訪得黃臺大好主顧，其息瓜瓞綿綿。」婦曰：「幾許？」展曰：「多多益善。」婦曰：「維群之數可乎？」曰：「可。」婦曰：「君且住。連日倥偬，今夕得暇，區區之數，黃臺下諒不延頸待也。」呼婢搬酒肴出，己亦往來厨次，分外豐潔。頃之，掇椅旁坐，親自斟酒。展遜謝回敬，絕似傳奇所演潘金蓮、武二郎窠臼，但彼則巖巖難犯，此則栩栩動人，故尤好看。婦不勝杯酌，臉暈紅潮，辭多絮聒，將及不文。展懼瓜之破也，長跪曰：「卿誠念匏瓜無匹，許賜瓊漿，荷蒙鎮心。但鄙性昂貴，草草瓜葛，一摘便盡，所不屑焉。約於七月巧夕，瓜果明呈，花針暗度，同拜雙雙，永盟世世，如何？」婦曰：「君言良是。」遂於箱内取銀，展相幫秤兑。臨行，婦送門外曰：「君勿愆期。」展首肯而去，竟作黃鶴。

輕薄者有《黃鶯兒》嘲之曰：「誰道是王瓜，顫聲嬌，眼麻茶，分明看上其中話。話兒雖遮，袴兒是紗。從來胯下真無假。最堪嗟，花錢三百，白送鏡中花。」

算盤生

洋客金其明云：東洋國黑潭口十大蒜山，山村人皆習算，善治生。風俗勤儉，各安分自好。惟婦人多難産。傳聞臨蓐時，兒手先下，手中緊握一物，狀類算盤珠顆，宛然血膜包裹，亘住産門，險絕大難。此物下，兒隨下，否則子母俱斃。村中産死者十有七八，故人口稀少，家計有餘。惟曖昧産者無是禍，不欲其長大，遂不爲災害。故村中亦有易産者。

算盤生長大，不過神明於算盤，餘外一無所知。亦往往不永年，以算盤耗盡精血故也。噫！算而生者算而死。彼固專於算矣，天倫促其算，是人算不若天算之凶。顧必盡如我輩，置算盤於無用，雖富埒陶朱，家同王、石，卒歸江上清風、山間明月而已。是又算盤生之罪人也夫。

姚映玉曰：七八年前，吳城大賽溫將軍會，鬼卒塞道，無色不扮。惟算盤鬼到，人爭躲閃之。陳翁雪舫住三元坊，人擁集其門。公戲謂衆曰：「蝸廬湫隘，不足當諸公避債臺。」人皆笑之。可知負今生之債者，不難以來生答之，而負前生之債者，今生其何説之辭？算盤鬼來，宜避之惟恐其後。且陰府算盤，酷於陽間，須得算無遺策者方許承乏。大蒜村人不壽，安知其不悉爲將軍羅致之幕下？

卷四

骨董先生

族兄拙亭，館郡城陶氏，曾識一骨董先生，姓董，忘其名號，酷好說骨董，徑呼其爲「骨董先生」。先生詫客曰：「寒舍圖書法物，鼎盤刀杖，一名一器，汗牛充棟，但病俱非秦漢下物。秦漢下物，不物色焉。」論書曰：「書契以來，卿雲、垂露尚矣，但病不純。籀、斯邅蘧當矣，又苦不化。飛白、蝌蚪可矣，又多鍾、索捉刀。是以愜意甚尠。」至於畫，則不知有關、荆，無論韋、畢與大小李也。先生貌奇古，多骨少肉，面凹黑，多斑點，有紫光，鬍虬髮蒜。年七十餘。住斑竹巷門首古玩店。

拙亭偕友造訪，乞玩骨董。先生許之。登堂見懸畫龍，雲霧滃然。先生曰：「龍系葉公所藏，還有兩軸不敢掛，掛則真龍要來。」衆問此何獨掛。先生曰：「此龍曾鬭退數龍，角爪之而，零碎滿堂，群龍畏之，不敢來鬭，掛亦無害。」簷下牛腿缸上，有竹一段，凡三節。先生曰：「此夜郎包皮也。貯水煎茶，有三楚風味。」捧茶顧客曰：「諸君試味之。予老人，素不作欺人語。」衆笑應之。俄有猘犬狂跳而出。先生叱之退，曰：「旅獒也。」衆曰：「血肉之軀，有不死乎？」先生曰：「死過三次。春秋時嗾嗾趙宣子，爲提彌明搏殺，輪回貫滿，復還元形，予得飼養，俾守骨董門户，暴客不敢入焉。」書廳對照清簟疎簾，聞落子鏗然，二客對奕，先生引客閒玩。衆方與二客揖，先生咨嗟歎息曰：「不肖之子，作事尖刻，好端端女媧氏留賸一塊五色石，天也未曾補完，倒被圮族之丹朱碎作棋子著，無怪乃翁之不託也。」指其秤曰：「夾楸木。」衆問：「何謂夾楸？」先生曰：「夏社樹松，每一松必有兩楸夾之，故謂之夾楸。」衆問本於何書。曰：「《續峋嶁》，老夫所著。」至於棋筒光潤，乃防風膝蓋骨爲之，惜被郢斧斲壞，遂不式觀。婢捧點心出。衆客食磁器，主翁獨食木椀，曰：「客知椀之所自來乎？」衆曰：「請教。」先生曰：「桐輪改造。昔嬴后私陽翟兒，懼事洩，薦嫪毐代已，令其以陰關桐輪而行，以啗太后。事出《史記》，注以桐木爲車輪，御之行，示雄健也。改作食具，取以陰補陰之義。」衆爲之解頤，益信其家一切什物，都不落秦漢下，枚舉一器，必有模糊篆文幾字。識者曰：「龍漢某年制。」龍漢，盤古年號。先生家器具編年紀月，大半不離龍漢者近是。

拙亭又曰：予遇友人齋頭，敲火吃淡巴菰。友曰：「君識此火刀乎？乃夏王治水牌玄圭是也。偶然墜碎，用以敲火，取龍雷之火，妙意存焉。」予曰：「得非從斑竹巷中來乎？」友直駭起曰：「君何以知之？」予曰：「此處本多骨董。」

夜航主人曰：眉生叔攜兩銅雀瓦，質骨董先生。先生曰：「時物我不暇辨，即使的真，亦未除窰煤氣。建安去今呼吸耳，何足貴焉！」嘗於餘姚舜廟後園，掘得舜瓶一具，高五尺許，土色方紋，迥異周秦之製，故其詩曰：「香爐撥盡劫餘灰，又值春風獻歲來。姚姒太和盈一室，舜瓶斜插禹梁梅。」骨董風流，略見一斑。

臭銅員外

乾隆丙午，吳中大疫，劉軒雲施藥於馬大籙巷中。有病丐尫尫前來乞藥，遍體瘡泡，若癩蟆然。衆叱之。劉出，止之曰：「民我同胞，丐猶民也，何用叱爲？」多與敷藥，且令洗服。丐叩頭而去。

座客徐某曰：君等信以爲丐乎？有眼不識泰山，此臭銅員外也。我與近鄰，故知之最稔。

員外家私巨萬，原本祖業勤儉得來，常以「刻省」二字爲傳家寶訓。員外略通文理，喜覽書史，暇日掇破椅南嚮坐，招子若孫環侍，聽講寶訓，曰：「我豈老誖不念子孫哉！我今招爾等來，恐於『刻省』二字，不能體貼深入，我再爲爾等講究。夫刻從省起，省以該刻，省之時義大矣哉。晏平仲一狐裘三十年，豚肩不掩豆，宰相要省。劉寄奴珍重祖物，籠燈嫁女無絲帛，帝王要省。厙狄伏妻病，不肯出百錢買藥，將軍要省。韋莊數米炊飯，詩人亦且要省。况我儕何出身乎？仲秋之月，群鳥養羞，鳥亦知省，可以人而不如鳥乎？清虚養息，掉尾泥塗，龜亦知省，可以人而不如龜乎？願子孫謹志之，毋忘乃祖乃父之志。」

一日，將遠出索逋，輿衛船隻，不敢妄想，徒步而行，因念家有牝狗，晝則食於野，夜則宿於寢，鼓盆以來，不離左右，桑榆老伴也。又思適百里者春糧，適千里者三日聚糧，今長驅僕僕，一人一騎，糧費奈何！員外巧計，愈出愈奇，囊糠粃三斗，繫狗頸上，己饑則食糠，狗饑則食己之所變。得意徑行。

比歸，其子候門曰：「爺遠出一度，旅費奈何？」員外告其故。其子號咷大哭曰：

「爺如此暴殄天物，子孫恐不免餓殍。依兒算來，爺糞狗吃，狗糞爺吃，雙雙輪回吃轉，豈不還省一斗歸家？」員外恍然曰：「我兒高見，必能自食其力，無求於人，跨竈何疑！我死瞑目矣。」

洪大肚

員外姓錢，名爲命，字四之，住臭銅胡同内。其遍體瘡泡，潰爛將死，亦自速之戾。以要省柴火，將盆内水向烈日中曬沸洗澡，深中暑毒，故不成人樣，豈真乞丐哉！

臭銅員外之外，又有嚇癡洪大肚，家計與員外相埒，而刻省過之。

予孀母有青衣婢小鳳，住浙江桐鄉縣烏鎮北柵頭獨家村。小鳳來我家，年才十二齡，舉止平平，口氣大而無當。見孀家室如懸磬，米囤僅喜鵲窠大，歎曰：「大娘若何活命！我舅舅家厫房三百步，封鑰不開，直到去年大荒始糶。且家中大小人等，不許吃飯，只呷粞粥。大娘若何活命！」

時予叔在山東藩署，偶寄銀兩歸家，孀囑予兌換錢用。小鳳又深訝曰：「錢安用換來？」予妹曰：「癡丫頭，錢不換來，將私鑄耶？」小鳳曰：「何用私鑄，櫃中去取。」妹曰：「櫃中無有。」鳳曰：「窨中去取。」蓋其舅舅家錢散藏窨中，是以銅青於窨，粟紅於廒，小鳳熟視之，疑人家都如其舅舅家也。

舅舅即洪大肚。予問小鳳：「汝母同胞幾人？」小鳳曰：「只舅舅一人。」又問：「汝同胞幾人？」小鳳曰：「只哥哥一人。」予曰：「哥哥現在何處？」鳳曰：「在舅舅家舂米，舂米四日，呷粥兩碗，家有常例。」予曰：「汝曾到過舅舅家否？」鳳曰：「娘死後僅到過一次。舅母曰：『一家只管一家。丫頭屢次來，並阿男不許住，我家非養人場也，趁早別尋門路去。』」

予思家貲十餘萬，同胞惟一姊，姊惟一女，不肯收養，必令其蓬頭赤脚奔走二百里外，爲人家廝養婢，無他，多其食指也，慮其出嫁也，且憂其多一親串纏擾也。大肚之中，另有一具耶？予終未敢深信。既而訪之確鑿，有其人，有其事。

後予自平望歸舟，有客附舟。客溫姓，烏鎮住居。予問貴鎮有洪大肚否。客曰：「去年癡病死矣。君何問及？」予曰：「久仰其省儉耳。」客曰：「家號素封，行同乞丐。遠近鄙之，無與論婚姻者。」予以舟中無事，閒談最好，再問因何而癡且死。客曰：「自作孽，不可活。叨偕一葉，敢不爲君述之以詳。先洪大肚鰥居，惜費不續，又有子婦勦助當家，鸞膠更覺可省。然牝牡之念，耿耿不忘。鄰家紡績婦，嫫母之尤者，賃大肚屋住。大肚窺其夫之不在，常常往索房金，乘間得與婦通。夫實知之，佯爲不知。大肚每過婦家，輒以米貯烟袋中，雲收雨畢而烟亦傾囊。如是年餘，所費幾何？大肚且鬱鬱於衷，以爲如此非烟，不值米囊花費，漸漸疏淡。後於小巷中，見黑白狗連環不忒，大動情竇，直往婦所，冀修舊好。初婦之從大肚也，意大肚自然大量，不知其囊漸收縮，粟難繼至，將作白丁來往。夫婦合計，言若再來，必爲曹沬之劫。是夜大肚適至，夫匿牀後，伺一交鋒，飛出擒獲。婦見大肚，僞爲歡笑，故作嬌癡，先數其薄倖之罪。大肚急自剖白，曰：『人之多言，伊可畏也。』婦猶氣憤憤坐板凳上。大肚屈膝泥地，昵語軟乞，曰：『實不相瞞，頃感狗姤，覩物懷人，無由發洩。涸轍之魚，望即賜恩波浩蕩，明日傾囊三合，决不食言。』婦雙手扶起曰：『儂愛大肚耳，儂豈爲三合米折腰哉！』急卸下衣，忙上三脚繩牀，兵刃才接，忽背後大喊一聲，單刀直入，知其夫之來擒也。大肚坦然曰：『兄勿然，惟命是從。』其夫亦曰：『兄勿然，惟命是從。』大肚曰：『兄不過要我命，無難也。』其夫曰：『我不要命，要錢。』大肚曰：『我不捨錢，捨命。』其夫髮豎目矐，曰：『汝真勿出錢耶？』大肚連聲曰：『勿出錢。』其夫提刀劈頭一砟，斷牀柱。兩鄰聞聲俱至，始知此事。大肚僵立無聲，魂隨刀落。其夫以草索捆縛，將鳴之於牧。兩鄰力勸解曰：『朋友通家之誼，何必訂正疆界？』擁大肚出。坐是一嚇，遂起痼症，見人輒向前自申其頸曰：『要殺便殺，我不出錢，我不出錢。』又自露下體，笑吃吃拉傭媪曰：『我與爾小衖中聯聯去。』媪唾罵走避之。後爲其子鎖入阱中，水漿不進者七日，始餓死。」

章春坡曰：圖儉於豐，防匱於逸，古人撙節，爲源遠流長計也。儉不中禮，必多不近人情之事。王戎鑽核，到溉嘗糞，何所不爲？若員外大肚，亦已太甚。

七字千金

皖江士人某，喬梓能文，性情通脱。丙辰秋，其子到省，寓秦淮妓樓。妓色藝兼優，生昵之兩月，囊槖罄盡二千金。父知之，屢遣人招之。妓知不能久留，置酒餞別，清言達旦，灑淚出門。生素羸弱，至是愈甚。到家，父數其罪，將施夏楚。生惶恐，一卸袖中，忽落一箋子。上有蠅頭小楷書兩句云：「可鄰病骨輕於葉，扶上金鞍馬不知。」其父釋然曰：「罷！得此二句，二千金亦值！」

夜航主人曰：塵世茫茫，人心如面。或豐或儉，各適其宜可矣。豪門貴客，食蹠萬千，窶人子半菽不飽，何貧富之大相懸絶也！乃時有堆積如山、一毛不拔，家徒立壁、揮金如土者，又何性情之大相矛盾也！由前而論，人必重濁，重濁者地。由後而論，人必輕清，輕清者天。有天地即有此兩種人。雖然，本乎天者親上，飛禽是也；本乎地者親下，走獸是也。此兩種人，始終禽獸之流亞歟？

佳節生女不祥

史稱楊貴妃六月朔日生，唐人以此日爲荔枝節。《南部烟花續録》：趙連城，小字雙星，七月七日生。《水滸記》潘巧雲亦此夕生。前輩俞羨長，買妾招凉，綃麗，善弦索，鄂州名姝也。尋因鄰棍索金不遂，誣以拐賣，涉訟，牽連羨長。土豪王某，慕招凉色藝，賂當道令斷歸母家，潛買之。羨長怒，屢訴上官，卒不得還，費貲無數。後卒於母家。招凉五月五日生，小名榴花。馬湘蘭正月十五元宵節生，小字月嬌。郡志載，豪家婢荷花，有姿色，因奸弑主，嫁禍他人，幾成冤獄。荷花六月二十四日生。

近閲《功過格》載，常熟縣直塘外外郎，富而險狠。里中有婦曰趙重陽，妖豔絶倫，外郎心涎之，以其夫貧，可餌也，貸錢使販布臨清，得與婦通。一日，潮落不能行，去而復來。外郎方擁婦酣飲，大慚，且出。婦陰與外郎謀，遣人詐爲盜，於半路殺之。揮金上下囑託，主謀者竟不獲罪。是時亢旱，桑通判謂縣令楊子器曰：「公知所以不雨之故乎？趙重陽事未決耳。」後兩人俱雷殛死。重陽九月九日生也。

顧西林曰：蕩婦白氏，尤物也，閱人多矣。曾嫁過舊僕俞二。予問俞二：「爾婦何日誕生？得非六月六日乎？」俗以此日爲貓狗生日，戲之也。俞二曰：「還少三月三日。」蓋三月三日生也，奇極。昨見淮安少婦，風鬟霧鬢，憔悴可憐，犯事解撫，路過觀音殿，許願上幡，自署生年月日，乃八月十五子時生。以予所聞，無論古今貴賤，大率皆不祥人也，而各負殊色。惜未知夏姬、河間婦何日生，暇日再覓《生日譜》看。

芋艻澩

侶蘭兄云：某進士選廣東某縣令，赴任月餘，家眷始至。令遣輿人迎接夫人。夫人頗風致，輿人肩之中路，屢曰「芋艻澩」，且説且笑。婦怪而不解，到署後白其夫。夫亦不解，出問衙役曰：「此間土音有曰芋艻澩者，何指？」粵俗以勢硬曰「芋艻澩」。

役以褻語不便明白官長，謬舉他説代解曰：「天要下雨之謂。」令首應之，心想天將雨，要緊趕路，輿人之言不謬。

明日聽審坐堂，見階下跪一少年婦人，時天將雨，令對婦曰：「前來，汝亦知老天芋艿澢乎？」粵人呼堂上曰「老天」，兩旁閧起，譁然拍手打瘖瘖曰：「奇事奇事！接到一員癡官。」

夜航主人曰：臬司堂前，荔枝半熟，將延客命酒，囑吏謹伺之，勿飽雀鼠。吏顰蹙曰：「今年石背多。」石背者，荔葉下有蟲，背堅如石，荔之蟊賊。臬公曰：「十倍更好。」吏愈答愈不明，至搖頭洒泣。滿堂匿笑不止。乃詢旁人，始得其解。相與一噱。

晉江林嗣環《荔枝話》。

阿瘖瘖

阿瘖瘖，苦惱之聲，今作閧起之聲。陶九成《輟耕録》：淮人寇江南，齊聲大喊「阿瘖瘖」。唐寅詩：「一日忽然天跌下，大家齊喊阿瘖瘖。」此聲盛於吳俗。吳儂輕薄，遊手好閒，三三兩兩，結黨成群，遇有壞事及可笑事，輒拍手齊聲曰「阿瘖瘖」。

始三四人、五六人，繼且數十人、數百人，甚至千人萬人無算人，呼天喧地，以爲快心。

其聲大略有三用。一在戲場，登臺演戲，敬神也。人來聚觀，臺上視臺下，絕類千萬蜂窠洞攢集，以鼻孔仰射，惡狀可鄙，何其多也。中有庸劣優人，妬忌名優聲價昂貴，於是看出破綻，群起癐癐。不優者人云亦云，轟若雷響，膽怯者往往嚇出病症，招魂叫喜，靡所不爲。

一在殺人場，殺人於市，懲眾也。方畏縮之不暇，何閧之有？人心澆薄，競往觀之，若以多殺屢殺爲快，臨刑時，必鼓掌疾呼，癐癐之聲，達數里外。然彼有說焉，以爲人死魂升直上，殺死者魂必横衝直撞，憑人作祟，拍手亂癐，便一縷孤魂喝送上天，歸入虛無縹緲之鄉矣。

至於最易癐癐、極喜癐癐者，莫過於婦女出游。婦女出游，不比在家。在家無人見，見亦不多。一到游玩之地，若虎邱、西園、獅子林、拙政園、玄妙觀等正法眼光明之界，紅顏角逐之場，非豔粧不可。粧豔人自豔，人豔粧更豔。由是油頭年少，正如景星慶雲，爭先覩之爲快。花香蜂起，羊羶蟻集，豔者亦沾沾自喜，私想儂貌殆佳，不然，何世界都成眼界，且往觀乎？何怕看殺。而看客又分名目：疾忙兜其前曰「前呼」，熨貼尾其後塵曰「後擁」，左右顧盼曰「眉眼」，合前後左右而層層繞匝者曰「打圍」，散場出醜曰「阿癐癐」。

呂燮成曰：袁簡齋《虎邱五十三參詩》云：「妾自倒行郎自看，省郎一步一回頭。」當正倒行，照後不照前，猶照前不照後也，但落得一場「阿癐癐」耳。

打燈謎

往歲寓專諸巷丁清筠齋中，時春分後，盛行燈謎，條條巷内有之。未到黄昏，即擺出紙糊方燈。燈一面着牆，三面貼題目條，謂之「謎頭」。謎皆經傳詩文、諸子百家、傳奇小説，及諺语什物、禽魚花藥等物，胡亂出之。凡有燈謎處，輒閧起一簇人馬，輿不得過，擔不及前。中有沉思默想者；有伸頭縮頸，近覷側裏題目者；有猜着胸中，直前往問者；有屢猜不着，老羞變怒，甚至打破方燈，攘臂不顧，連罵不通而去者；有屢猜着，栩栩得意，衆都矚目，爭問才子何處來者；又有呆索不動，如老僧入定，被剪綹一空，歸家爲母妻扃錮，不許再出者。此皆一簇時之光景，可謂無奇不有。

猜着送物，謂之「得彩」。彩如隃麋、陟釐，端溪、不律，巾扇香囊，果品食物，皆有之。若豪華主家，竟有綾羅緞疋，宋錦顧繡，盡憑誇耀，只要猜中。以故遠近輻湊，連肩挨背，舉國若狂。衣香酒氣，夜夜汗漫。真茂苑繁華，吳趨盛事也。

主人丁清筠獨睥睨之，以爲此騙娃娃伎倆，非燈謎也。豈有燈謎如此小樣乎？予問大樣若何。丁曰：「大小難言，我曾打過，故發此語。不然，見獵心喜，何悶悶若是。」予問：「君於何處打過，得彩幾何，可得聞歟？」丁曰：「予督工維揚鹽運署中，其時二月中旬，酒散無事，夜夜出遊。大街一直，火樹星橋，光同白晝，千門萬户，節並元宵，歌唱遏雲，笙簧聒耳。亦有所謂燈謎者，不過立一高脚牌於門首，泥金大書『燈謎處』三字，門内宅第，望去幽深玄遠，不知幾千萬落。同人趁興而入，十數步達儀門西首，又立高脚牌，書『打燈謎者由此進』。備衖百餘步，左首坐落，用玻璃圍屏，其中徑路紆折，通花園，晝啓夕閉，恐宵小匿跡，故以屏障閒人不得入。再轉北首角門内書廳，即燈謎處。予思燈謎必有謎頭，若囫圇告詔，謎於何處，教人何從着想。僉曰：『此處無謎頭。到者不過以目前色相示意，慧心人自解耳。』予見庭下繫一馬，廳上設一席，旁坐一豔姬，了無所得，以爲唐突遊人，一笑而出。越夕，主人家三公子出云：『丁老大，我有一樁極快極趣的事，玉成爾去當之。』予問何事。公子悄悄前來耳語云云。予踴躍直起，呼燈就道，徑往昨夜燈謎處。見色相依然，予遽上坐，姬已會意，即佩珊珊緩步前來，玉纖斟酒，頃刻盡十觴，而醉八九分。遂起命解馬，姬連忙扶上，予揚鞭一路打碎紅燈數盞而出。此謂打燈謎。」予曰：「君話良久，予未聆公子耳語。請問何所取意？」丁曰：「無他。眼前色相，切詩二句。所謂『酒醉玉人扶上馬，珊瑚鞭打海棠燈』是也。」予問何人詩句。丁曰：「此我不知，君去問公子可。但公子現膺京秩，君或赴禮闈，訪過其門，談及此事。再問及何人詩句，未爲晚也。」

脱去釘鞋

歸安諸生淩某，極有文譽，屢試不售。厥父於杭州湧金門内開綢緞鋪，稱殷實户。家有書僮阿璉，略識幾字，油嘴滑舌。主人寬縱。

生秋試罷，録其文，質苕溪名宿。大贊決必售，褒言獎語，累牘連篇。生狂喜，以爲今才得一第，蓋名宿决科，針芥不爽故耳。乃以所閱三藝，朝夕反覆，津津甜味。阿璉在旁，獨揶揄不止，旋對翁曰：「爹勿望，官人必不中。」翁問何故。阿璉曰：「名宿决之，良不謬。」翁詢其子。其子曰：「名宿决兒必中，未曾决兒不中。爹如不信，請看所閱。」翁雖不曉文義，然點濃圈密，一望可知，始信阿璉誕已，大詈之，問其「顛倒黑白，意欲何爲！迨紅旗飛至，俾爾吃藤條子！」阿璉曰：「靜候，恐無福吃此物。」翁憤甚，曰：「飼犬發狂，必搏殺之！」賴媼勸始解。阿璉始終顛撲不破。

比揭曉，阿璉作得意狀，曰：「如何？秀才康了。」凌家父子纍纍若喪家之犬。踰時，氣漸平復，公子喚阿璉曰：「杭、嘉、湖三府，那有一個不官人名士？今科不中，那有一人不爲詫異？汝獨咬定决其不中，豈官人有遺行耶？」阿璉曰：「遺行不遺行，小人安得知之？但知官人不中，係名宿决之，良不謬。」翁曰：「名宿如何决法？」阿璉曰：「爹見跋語乎？」翁再取名宿所閱示之，阿璉指跋語中「脱去町畦」四字，曰：「脱去釘鞋，豈有響聲？無響聲，不中也。名宿决之良不謬。」杭人傳爲話欛。

黄拭峰曰：乾隆己亥，五人同試金陵，一人遺失經藝，一人脱落帽瓣，一人書「帝德廣運」，「運」字書「廣」字上，一人並忒落「廣」字。四人俱能文，某公决其必中。其一人之僕曰：「我主大有希冀，彼四人者休矣。」已而四人黜，其主果中。問其僕曰：「汝何以知四人必不中？」其僕曰：「一離經，一忒瓣，一倒運，一遯廣，主獨無恙，故有望焉。」是即阿璉也，是即名宿也，以之决科，定有神明之目。

堪輿獲利

葬也者，藏也，欲人之不得見也。古者諸侯五月，大夫經時，士三日，遺骨受蔭，何拘隴脈，封之樹之，稱家有無而已。後世尋龍捉脈之説起，士大夫多崇上地師。地師欺山川無語，人情受騙，遂開風水一門，驅愚人墮其術中，已得射利焉。

射利有三要，首要聳慂，形像體勢，口講指畫，生氣奕奕，如在目前，人自信之，傾囊弗惜也。次要勤步，百陌千阡，繡壤相錯，若不經心體認，説起某水某山，箝口結舌，安能制勝一群？故南北山頭，都要踏遍。終要嘴舌利便，天下有本生涯，尚靠詞説唐突，况芒乎芴乎如堪輿家數乎？

堪輿與着棋無二，若非着着爭先，始終落於人後。所謂先人者，罵人也。罵非一味排擊如酗酒罵座之罵，無非竣立門户，睥睨儕輩，抄寫《葬經》幾條，對東家瀾翻不竭，以爲我從書本中得來，非時下《穿山甲》老套，有心者自分皂白。然此猶非罵人之傑出者。

更有以不罵爲罵，其術深於罵人，其利倍於罵人者。其人善修飾，好儀表，春風和藹，大雅能容，謙謙君子，自有一種功深養到之意。開口便稱某大人、某先生、某縉紳巨族，尋常士商，概不掛齒。過其門，延其家，諒不敢等閒款待。此等罵人，並不用口，如賈三倍，不耕不織不讀不買賣，身家坐是大肥。

地師便宜

人生不過以天地爲性命。知有天無不知有地，知有地無不知有天，乃世多有知地不知天者。知地不知天，猶知母不知父，終不得言知母，終不得言知地也。不過徼福之念太重，冀得美地博富貴福澤耳。欲得美地，必憑地師。地師曰：某地兩世方伯，某地折臂三公，某地唾手二千石，某地發福三百年。地愈美，得愈難，而欲得之心愈切。說不妥而使計，計不成而涉訟，訟不結而成仇，甚至飛禍其家，俾逃離走散。人不土著，不得不鬻産賣地，易幾主顧，而仍歸於覬覦者之手。筋疲力耗，費金無算，非所謂知地不知天乎？愚極矣。

項喬《風水辨》云：上天之命，反制於一坯之土，恐無是理。流俗不知，趨奉地師，一如趨奉祖宗。且云保佑子孫，全憑福地，則趨奉地師，甚於趨奉子孫。然我觀地師所善之地，有葬而稍有起色者，有葬之而平平如故者，有葬之而立見消亡者。

秀水某家，搆訟十年，耗貲巨萬，始得一地，葬後兩月，長子得寒疾驟亡，三年，幼子長孫俱没，家遂絶。予族兄某，不惜財力，爲先人營佳城。昆仲四人相繼逝。又有孫某，酷信風水，揮數千金營壽域。葬一年，長孫没；二年，次子庠生没；三年，季子健男亦没。連遭回禄，坎壈不堪，今已邱墟。近年吾邑紳某，臘月尾葬親，正月頭即自葬於親之旁。嗚呼！此其死亡貧苦，雖不因葬之故，何適與葬之機關若合符節！則是地師所爲，未必全無牽涉。又豈上天惡處心不良，借禍淫之例以兩懲之，故使其術之不神歟？抑豈風水重，時辰尤重，慎於擇地，疏於擇日故歟？惟然，而諏吉不的，非堪輿不正，地師又有藉口矣。得則任功，失不任咎，指東揑西，安坐而食，地師便宜孰甚！我輩生涯冷澹，人間地理微茫，行將捧格盤而師地師。

夜航主人曰：天地之氣，全者爲知，偏者爲愚。偏名偏利，偏忿偏慾，同一愚者之居心耳。然此亦人情之通病。乃有平素咬薑呷醋，錙銖必較，而身家性命不吝爲土饅頭餡者，豈非偏之又偏乎？江浙人情慳薄，一有交關，無微不入，豈復有所浪費。獨風水一門，尚未覷破，所謂牛黄狗寶，病處在斯，好處亦在斯。

閒談活命

群居終日，言不及義，道聽塗説，月旦品評，嘈嘈雜雜，藉以偷閒，豈有藥石之益哉！自晉人尚清談，空言何補，誤盡蒼生。王、何、嵇、阮之流，蔑視名教；六逸七賢之輩，相率頹唐。口碑從此招搖，清議因之賈禍。談藪即厲階，豈不然乎？唐人詩話，宋人説理，元人詞曲，言語各隨風尚。至明季東林、復社，門户更標，動謂出我範圍者，雖周、召不得言經濟，越我壇坫者，雖屈、宋不得言文章。當時海内名流，以不得與社爲恨，後幾罹白馬之禍。

國初丁菡生，倡古歡社，多言藏書事。狄立人倡菊社，不過山家清供，師事淵明。若吾吳尤西堂真率會約數條，久已膾炙人口。大抵人會則言萃，言萃則事滋。名爲樂群，實則荒嬉，翫日愒時，莫此爲甚，惜分陰者所弗取也。雖然，莫謂閒談中無藥石焉。

郡有某翁，欲其子潛修，恐客來絮煩，囑閽人推他事屏絕之。嗣是門庭寂寂，羅網可張。其子偏好客，常背父邀客集别墅，盈樽滿座，談論風生。一日雅集草堂，衆賓各抒所長。中有精岐黄者，一客難之曰：「君良醫也，疑難雜症，諒無不知治法。設勳戚大臣，偶然忤事，旋罹不測，消息已到，潛服鶴頂、鴆羽等藥，既而無事，噬臍莫及，奈何？」岐黄者默無以應。客曰：「僕有一方，可餉君也。用糯米煮粥，搗爛，過量啜之。邪不勝正，毒爲米攝，須臾嘔出，泯然如故。」衆咸領之。後翁愛妾受大婦惡詈，氣不下咽，捨命服毒。翁照前方治之，竟愈。蓋客話時，翁適來，竊記於心，未謀面而即還舍。然則是姬也，非因閒談而活命乎？翁後見客，輒倒屣相迎，非復如向日之落落者。

蓴菜子

王包山云：蓴菜産五湖，張季鷹「秋風起而思食蓴菜鱸魚」是也。然蓴菜惟洞庭消夏灣一帶最多，他處罕有見焉。近日吴江龐山湖亦産，並無下種，種且不活。訪之漁人，曰鳥銜菜子墮入湖中，遂蔓延湖面，人得採食之。然其味迥不及洞庭。洞庭莖短葉沃，葉卷如嫩荷狀，味清腴略澀。龐山莖修葉瘦，味多澀，入秋才佳。蓴本一種，形隨地異，味亦如之。獨所謂蓴菜子，無由得見。

去秋過洞庭，舟泊消夏灣，見水畔花開黄白，燦若金銀，結子纍纍，絕類含桃方熟。予問舟人曰：「此何物？」舟人曰：「蓴菜子是。」摘嘗之，甘踰崖蜜。予惟色赤味甜，潛藏不多見，殆即楚洲萍實之屬歟？惜不登士大夫之几筵，而負此色香味三絕，冷落於寒汀烟渚，無有過而物色之者。而篙師漁子，食焉而不知其旨，歲歲秋風，飽水禽之腹，殆物尚孤生，品之最貴歟？或曰：蓴子性大寒，男女食之，不能生育。果爾，則投閒置散，乃分之宜。

夜航主人曰：溫凉者，生殺之關，故物性大寒，食之多無子。予家西牆下芭蕉成林，百餘年物也。花三年一開，開必深夜，花朵若蓮，每舒一瓣，輒褪一瓣。花鬚中圍繞密苞，苞中醰醰湛湛，即甘露也。予少時曉起，朝朝吸之，瓊漿絳雪，想不過是，然而受寒深矣。

紅蝙蝠

「不毒不禿，不禿不毒」，古之至言也。窗友陳生，工楷書，詩學漁洋，與寺僧善。去年中秋，僧來生家，留與飲。約生於某日同往山中看桂，並攜扇索書。生信筆書《精華録》《立齋相公園中紅蕉盛放索詩六首》之一，曰：「玉宇微凉八月中，林塘香散木樨風。緑天深處一花坼，蝙蝠飛來相映紅。」與之。僧見之，默無一言，愠見於色，即辭去，遂爽看桂之約。生不解其愠之故，亦不置意。久之，竟得其故。

《嶺表異聞録》載南中花木，有紅蕉，花開時，紅蝙蝠對對而來，集於花罅中。人若捉其一，其一不去，濃情之蟲也。南人曝乾合媚藥，酷驗。價至昂貴，不可多得。僧通一婦，踪跡至密，思博婦懽，購得紅蝙蝠末，裹以赫蹄，夜夜攜之，爲膠固之計。又其用須自上而下，先以鼻嗅之，然後達丹田，漸入佳境。僧珍藏之。一日，因他事撻其徒。其徒懷恨，尋得藥瓶，暗以牙皂屑易之。比用事，狂嚏不已，驟難禁住，竟爲其家所獲，費朱提多貫，始得贖身歸寺。豈不險爲紅蝙蝠所困乎？人有知其事者。「蝙蝠飛來相映紅」一句，適中其隱病，是以逢彼之怒也。冤哉怪哉！

錢俠君曰：此與第六卷書余氏女子繡洛神句，爲郭十三郎切齒者一幅稿子。寄語書家要小心，書王漁洋句尤要小心。

卷五

炰烋伯

炰烋伯，不知何許人也。亦不詳姓字。里人以性甚炰烋，又行居長，故以是呼之。《詩》曰：「汝炰烋乎中國。」注：炰烋，武健貌。伯殆武夫洸洸者流歟？非也。伯手無握雞力，躭摴蒲葉子戲，白戰不持寸鐵，虛而往，實而歸。稍不厭欲，蝟毛森起，睅目大呼曰：「爾曹食豬腸小兒，惡敢當我！」桌脚爲之翻筋斗。倘少年性硬，不能耐，竟與攘臂決雌雄，伯又降心相從，下氣怡色，柔聲微笑曰：「我與君戲耳，何忿忿若是？不成大器者类如斯！」

好飲酒，量不容三蕉，務欲吸盡西江，若長鯨之呑巨川。醉後狂態，青天不值一笠焉。罵座至燭跋，賓僕悉去，庭無一人，伯手拍庭柱大跳曰：「君等無禮，獲罪老夫，不可禱也，尚睜立對我哉？且批君頰！」手觸棖，血涔涔不止，踴足歎曰：「不肖累我痛楚，此仇必報！」一踢撲地，嘔吐狼藉。臥聽者匿笑難忍，旋令其家人扶去。

伯喜掉文。嘗與共食，問：「尊齒健乎？」伯愀然曰：「馬齒加長，犬牙相錯，而云健乎！」或勸之曰：「伯春秋高矣，可勿與人角逐。」伯擊案直起曰：「盲左不云乎：困獸猶鬪乎？」故無論良辰美景，賞心樂事，肆筵設席，賢主嘉賓，有伯在，不皛烋不散。

性躁急，自外歸，隔數家門户，已去其冠，曰：「到家矣，不脱帽露頂，作老頭巾樣子乎？」年踰七十，出入平康，未到其家，先卸下衣，抱器直前。衆譁然曰：「伯何爲？」曰：「便耳。」未幾出，其狀如前，衆又譁然曰：「伯何爲？」曰：「無便處。」衆捧腹絶倒，不敢放聲，恐其皛烋也。

李嘯湖曰：去帽卸衣，忙態若此，伯上下一體，皆皛烋象也。雖然，百年之後，皛烋定矣，其又何爲，吾知其必爲皛烋鬼。甚矣，鬼伯之間，性情不改，天生戾氣，天實爲之，謂之何哉！

瓜棚夜合

諸生王六峰，瀟灑自如，家貧，坐氈於邑之南沙村。主人家富饒，而房宇不甚深邃。嘉慶元年六月，酷暑，藴隆蟲蟲，揮汗如雨。生不耐煩，合生徒搬書籍，遷後舍，開軒面圃，赫熾中如服清凉散。黄昏納凉，移榻場圃，臥看牛女，怡然自適，不覺蘧蘧夢去。

須臾，瓜棚掀動，堆垛有聲。諦視之，見一矮胖大腹漢，渾身白點風，擁一緑衣胖婦，氣喘喘作交媾狀。然彼此累墜，苦難湊竅。旁有小卒，尖刺蒙密，縮做一團，窺視交合，側耳而聽，若不勝饞涎狀。生大怪，以巨石投之，直中竅綮，兩具撲倒，小卒亦驚竄。

生素直戽，大呼灌園叟起，曰：「瓜田不止納履，汝曹看守何爲？」叟摇手低語曰：「勿聲響。」私步棚下，反覆視之，回身曰：「事已無濟。」生問其故。叟曰：「大腹白點風者，東瓜將軍也。緑衣胖婦，東瓜婦人也。在旁小毛卒，偷瓜侯也。今夕月色微明，嫩凉初逗，將軍與夫人一度，爲瓜瓞綿綿計也。君之所見，毋乃是乎？」生曰：「然。」叟曰：「被君衝散，勢必抱蔓歸矣。」明早見棚下塊然兩東瓜，各有破碎，是年瓜子不蕃，來年瓜價昂貴，將軍受驚故也。

甘蔗郎君

富陽民家某姓，開染坊，饒於貲。有女曰蘭橋，仙骨珊珊，非塵世姿。年十七，未占鳳。女慧知書，足不下樓。父母絕愛之。女臥牀精雅，香奩脂盞外，縹緗綠帙，位置可觀。後樓窗外，良田相接，悉女家產。惟時春慵繡倦，開簾遥望，見陌頭垂柳，竹外餘桃，頗有流連之意。迨斜陽在山，歸鳥喧樹，始下簾回寢。

自是神思懨懨，若有所戀。魂夢之中，見紫衣郎君，手執湘妃竹扇，風流醞釀，根柢深純，望而知爲名門佳士，嫣然顧女曰：「扇頭小詩，煩卿點定。」女瞧詩云：「樓閣春深鎖繡鞋，傾城消息隔簾釵。蘭橋自是神仙窟，肯賜瓊漿一味佳。」女素憐才，感人文兩妙，怦怦心動。生佯索扇，直前擁之。女微拒而不自由，遂和好焉。生竟體甜馨，濃言蜜語，始則錯節艱難，繼且漸入佳境。丁香咂送，如飲玉液天漿，丹田融洽。

女摽梅已賦，情竇方濃，天賜良緣，十分諧悅。乘間詢郎君家世。生答：「姓諸名柘，小字善生，父拜丞相，小生庶出，適從田間來，遇卿倚樓，託微波以通辭，不惜跋涉泥塗，就深就淺，始達粧次。」自此兩情甜蜜，無夜不至。至則衣衫頻換，非紫即青，每與交接，凉沁肺腑。

後女體益憊，日三舂，婢候不起。母覘其動靜，知病魔纏擾，白翁。翁延醫診治，纖腕一按，六脈乖張，心魂慌悸，非妖即怪。母暗問女。但曰：「誰謂荼苦，其甘如薺。」母知其合卜燕爾，曰：「兒好珍重。爹已爲某郎相攸矣。」女悲不自已，啼哭萬狀，如醉如癡。

母益憂怖，與翁商議，遂延九華山真人，結壇設醮。計已定，是夜紫衣郎愀然謂女曰：「緣將盡矣，奈何！」索女褻服，聊作恃符。翼日，道士登壇施咒，符三化，卒無所見。持劍上樓，再噴法水，忽見女房後滚出一物，褻服包裹，啓視之，則三節爛甘蔗。瀝盡血液，焚渣爲灰，怪乃絶。

醬汁鬼車鳥

崔豹《古今注》云：夜行娘子，怪鳥也。相傳産婦亡魂所化，晝伏夜行，行則啼哭有淚。人家曬小兒衣服未收，鳥淚滴着，小兒必喪。並主一切不祥。一名望板，一名快扛，一名休留，言鳥經過者必死。曰留曰扛，指楄柎在即也。南方人呼之爲九頭鳥，以其聲音密穆，如九口齊鳴。每於月黑荒村，淒風慘雨，燐火星星，鬼鳥譆譆，九頭始頡頏而過，聞者爲之褫魄。統名鬼車，以其兩翅如車輪推行。《易》曰「載鬼一車」，陰凶之物，若無形跡。居人當鳥聲來時，多執欆鏂障之，其祟可禦。

滸梢橋黃阿長，草屋濱湖，獵鳥爲業。其時連日東風，一禽不獲，行將餓死。至夜，則湖雲如漆，氣象愁慘，冥冥濛濛，鬼車將至。阿長想「今夜不論是人是鬼，殺命養命，要放一槍」，懸空三丈，斗然一放，鳥隨火落。從容拾起，乃九鳥並爲一身，非一鳥九頭如《山海經》所圖者，併又非膠牢固結，不過前後左右，並行不忒，較雁行還團簇相彷彿，九口一身，故有是稱。

予曰：「火藥零星，豈九隻俱中，不飛散一二隻乎？」阿長曰：「火珠僅中兩隻，不解七隻何以甘心一齊隕下，自投羅網。意同行同死，羽族中敦信義者乎？今已售去七隻，餘兩隻尚在。君如不信，明日帶來。」予喜極，囑家人曰：「明日阿長拿鬼車來，要留之，勿令去也。」家人笑而諾之。比拿至，頸黑腹白，蹠紺眼碧，毛像野鴨，咮微黃而尖，如湖灘上之信天翁。

予思鬼，陰物也；車，行具也。同酒煮，定是扶陰活血之品，可以續李時珍《本草綱目》。又思《紅梨記》傳奇，醉隸云「醬汁鬼車鳥」，想此物宜醬制。如法行之，竟是美味，又可以補袁簡齋《隨園食單》所未備。予時方患臂痛，自食鬼車後，痛遂不發，可知此鳥益人不淺，惜不甚肥。

閱日，阿長過。予曰：「有肥鬼車拿來。」阿長曰：「鬼車無肥，肥則紫河車，非鬼車也。君欲肥，何不食人而食鬼？」予曰：「阿長慧兒。潘仲文曰：羿善射，日落九烏。《類書廣注》曰：九烏疑作九鳥，即九頭鳥也。黃長兄之技，造乎羿矣。」

奇羞讌客

泖湖千夫長郭某，父官山左參戎，有功績。令兄某爲粵東少府。郭隨任三載，丙辰還家。到蘇郡，予戚周商鑒與有舊好，觴於閶門外之趙園，招予陪座。談及粵東讌客，劇則崑腔，饌甚可駭。開筵上菜，官厨捧出一品大碗，其中土笋、燕髀、鱗纖、羊爪、華披，號「五鮮」。土笋、曲蟮、鱗纖、蛇尾、華披、蜈蚣，次則糟豬首，次則本山蛇臛，次則鴛鴦歡，（蜈蚣雞湯，謂之鴛鴦歡，以二物彼此歡愛故也。）次則猩猩羹，次則醃雷脯，（即雷神肉，出雷、瓊，當地啖鮮肉，醃乾賣他處，價貴，多贋雜，未必得真。）次則土鼠，（粵俗最重，席間無此不成大宴。此物出，主人必肅衣冠，客各避席起，舉箸必以鼠首敬上座。一名家鹿。次則鮮魚羹，最後曰蟠菌。菌之大者曰蟠菌，或曰蛇蟠過者曰蟠菌。

予問：「君既與宴，亦舉箸乎？」郭曰：「舉箸必沾唇，無論蛇雷蚣鼠，疑忌惡心，即猩豬魚菌，亦駁雜不純，必有異物夾和，如吳饌之有鼊頭、獲頭也。就中惟鴛鴦歡食之。」予曰：「華披風味，君甘之如飴乎？」郭曰：「否否。彼處蜈蚣，與穿山甲無二，大者重二三斤許。名爲鴛鴦，大率黃雞白燕居多，且瀝湯去質，其味絕佳，官饌中稱最，不媿前後諸品之腌臢者。此官謙也。若本土人士，在花蛋船内，妖姬作菜，珠娘勸酒，囉唣歡呼，備極醜態。婦女往往噙鱗纖以舌尖遞客，口中含糊曰：請郎罷嘗好蛇。」

夜航主人曰：山左右〔一〕人不食郭索。生種日繁，巨者如盤。鄉人有官其地者，俗甚強悍，號稱難治。一日坐堂聽審，人役忽披靡走避，曰：「不好，夾古來矣！」令見巨大蝤蛑，橫行無忌。令大喜，命家人捉之無遺。不幾時，紅甲堆盤，左手持螯，右手執杯，且食且審，一方帖服，僉曰：「蠻官可畏！」

〔一〕「山左右」，疑「左」為衍字。

夜叉食人

鬱林叔祖云：塘口謝姓，失其名，中年病瘵死。遺孤十餘齡，婉孌若好女，煢煢孑立。幸家計小康，母子盡可支度。一日大雨，有嫗年四十許，擁一女子躲其門首，女娟好閒靜，無小家氣。謝母延二人入，以爲「雨縱止，泥濘難走，嬌閨弱質，不怕皂汙羅襪耶？寒舍蝥居，豚兒雖小，娘行光賁，以永今夕，何如？」女牽嫗裾，似屬不可。嫗曰：「孤孀母女，本欲入城投戚，忽遇傾盆，得蒙厦庇，已屬感恩。再擾郇厨，兼勞下榻，恐無其事。然一飯之恩，古人不忘。於時廬旅，再當圖報。」於是主賓懽洽，絮語殷勤。詢所自來，知女乃嫗之甥女，緣失怙恃而相依者。少選，謝郎放學還家，母令其向嫗施禮，旋及女，女面發赬。嫗曰：「得此寧馨，足徵慈教。」母謙遜不遑。嫗又問：「溫家玉帶，聘送何方？」母曰：「還未。」嫗欣然曰：「不嫌唐突，願寄絲蘿。」母曰：「若得如斯，真天上朵雲墜着儂手裏。毋戲言也，寒家何福消受！」嫗曰：「萍水相逢，得領忱悃，積善之家也。實不相瞞，妾年踰不惑，晚境維艱，舍弟攝篆江右，思欲依棲，以延殘喘，奈此牽纏難割。母如不棄，留爲養媳，放鬆老身，豈不兩得其所？風伯雨師，安知非爲我二姓合好計耶？天假之緣，違天不祥，就此訂定。」母喜極，即呼兒出拜岳母。嫗即命女拜姑。明日，謝母遣人雇舟，送嫗入城。女嬌啼宛轉，牽衣惜別。謝母再三安慰，曰：「媳婦今爲一家人矣。若姨即兒姨，兒母即若母，萬望珍重，勿自苦也。」女拭淚起。

自是針黹中饋，一切巨細，都愜母意。母愛惜之，逾於己生。比笄，風韻嫣然，越加可愛。謝又秀骨天成，不愧兩玉人之目。踰三年，嫗猶無音耗，母甚慮之。既思媳已在我家，我爲政矣。寡婦家又乏蒼頭奔波關會，倘十年無信，將十年不字耶？主張由我，決計擲吉合巹。定情之夕，塵灰矢願，母心甚樂。

越數夕，謝家伴嫗忽聽謝郎從新婦房内喊曰：「娘快來，夜叉食兒脚尖也。」聽無響動，又喊曰：「娘快來，夜叉食兒臀矣。」聽無響動，又喊曰：「娘快來，夜叉食兒心腹矣。」聲至哀慘，兒亦不喊。嫗私恚曰：「兩小無知，謔浪如是。今疲乏矣。」原知不喊，且瞢騰睡去。明晨，門不啓。嫗曰：「今日諒不能起，昨夜支吾半夜，令我不得眠。」母以韶年琴瑟，毋怪其然。但家釀醉人，終無醒時。俟其起，將雅意諷之。乃門終不啓。令婢叩之，不應。謝母侘傺無似，撬門入，瞥見鮮血滿牀，白骨一堆，夜叉乘門開飛出，不知所之。母暈倒於地，久之始甦，一慟而仍絕。

夜航主人曰：此鬱林公寓言，勸人家孤子新婚，勿恣意戕賊也。噫！蛾眉原伐性之斤，花箭乃傷身之的。顧以家人床笫之間，比以夜叉噬嚙，過矣。雖然，人窮反本，疾痛慘怛，未有不呼父母者也。至於房幃受病，雖慈母不能保其子，千呼萬喚，不一來救，亦固其所。吁，仁人之言，其利溥哉！

項生作弄

人生婚、宦二事，天作之合，而婚姻尤甚。何則？宦或可以夤緣，婚不可以撮合。其中尤有難焉者：面如玉矣，而没字碑山，終虞壓煞；心如錦矣，而無鹽醋海，未免嚮隅。是以傳奇小説，動稱才子佳人。而名士傾城，總屬天經地義，此鴛鴦牒雖注三生，而玉鏡臺不輕一送。

錢塘余生，才貌可觀，雅好修飾，家無立錐，渴望天仙下降。每閲古來名媛及近今閨秀有文譽者，無不焚香拜禱，曰：「娶婦如是，吾願始足。」以故眼高於頂，媒妁盈門，概無所允。鬑鬑繞腮，朝朝夾鑷，蹉跎久矣。

所善項生，佻達之尤者，一朝叩門賀曰：「君願足矣。僕有兩甥女，一名賽大喬，一名賽小喬，俱在待年。君如有意，僕作蹇修，可操券而得。」生曰：「君雖惠好，此事談何容易。」項曰：「是不難，但要君允耳。以云貌，名下無虛；以云才，袖中可證。」遂出兩溪箋，蠅頭小楷，嫋嫋簪花。指一箋曰：「此大喬所製《江南樂》也。」生雙手捧着，作曼聲讀之，曰：「美哉，風流蘊藉，性格溫柔，薛寶釵一流人物。」項又指一箋曰：「此小喬所製《小游仙》三十首也。」生作步虛聲回環誦之，曰：「妙哉，柔情綽態，媚於語言，直是甄后化身。」項曰：「甄后受知陳思，君才八斗，定有夙緣，其在小喬乎？」生曰：「談何容易！」項曰：「是不難。」生曰：「名姝端貯金屋，聘女先問藍田。雍伯長貧，不得白璧一雙，終成畫餅。」項曰：「君如一諾，不費半絲。家姊丈薄宦成都，一朝捐館，孤孀母女，現依寒舍。雖然，耳聞不如目見，數日內出遊湖上，僕潛來關會，君且靜候。」生曰：「君煦春風，涓埃難報，佳章可留細玩乎？」項許之，出門去。

生對二箋，密詠恬吟，心游目想，刻不釋手。芸窗日漏，鵲噪一聲，項叩門曰：「特通芳信。旁午，君在飛來峰茶寮內株守，僕隨指點。」生喜極，好整衣冠，照鏡澤面，如命待之。見畫船簫鼓，紅粉青衫，其比如櫛。暗想二喬此時應至，前面一簇香塵，疑有天仙下降，是耶非耶？立而望之，忽腦背後被扇頭一擊，曰：「尾生真信人也！」生吃一驚，則項已窺之久矣。相與諧謔片時，尋有濃粧婢嫗數人，擁二女子冉冉而至，非人間物也。神光離合，乍陰乍陽，東阿賦不到，周昉畫不成。生眼花撩亂，嗒焉神喪。項扶之下船，殊覺惘惘改變。踰時，神思稍定，恍如夢醒。項始徐徐問曰：「君將唾之乎，何無一語也？」生曰：「是何言也！白藕香中，玉梅花下，奈何奈何！」項曰：「真個消魂是不難，但二珠並呈，不識君於何屬。黃袖而肌微豐者，《江南樂》也。紅袖而骨肉勻者，《小遊仙》也。」遂書「仙」「樂」二字，令生拈之。生得「仙」字。項曰：「是矣。雖然，冰人之重，妻舅之尊，寧無一杯澆我？」生乃觴項於船。臨行，三拜曰：「及早圖之。」項回身取《諏吉便覽》曰：「三日後纏紅可乎？」生狂喜而去。

屆期，絕無音響。偵之，項已北上。生一病懨懨，至今不知何若。或曰，項生並無甥女。因余生篤想佳偶，設此空中樓閣以取樂耳。兩女子者，項訪得富家商出遊，即指鹿爲馬也。《江南樂》、《小游仙》，項生摹閨秀口氣，以賺此風魔士也。雖然，善戲謔兮，亦太虐兮。卒之將恐將懼，急渡黃河，能無耿耿耶！

嚴又茗

亡友嚴又茗，天才儁爽，而狂放得未曾有。明代至今五百餘年，其所瓣香而心注者，惟一湯若士。生手有文字，自謂若士後身。家無担石，所有杉木桌子幾面，面面爲讀《玉茗堂集》擊碎。且不僅讀而已也，刻刻摹仿若士之爲人，顔其齋曰又茗。館於某氏，曰「暫降」。徐聞典史一生不過申衙前，以星變抗疏，劾過文定公也；並不食月餅，以頭銜有「眉公」二字故。論文輒排擊崆同、歷下，開口惟説夢説情，與人書札，無不本《玉茗堂集》中語。其搓酥滴粉，宛然《紫釵》改本、臨川雜劇，却不受詞人之目。説着江陵，切齒痛恨。

有好友四人，詩酒往來，無虛日焉。或勸之上進，必曰：「我豈與沈懋學作同榜友乎？」娶婦某氏，解音律，調宮換羽，亦嘗倡和。其弟新漁生，呼之爲季雲。所居又茗堂，文史狼籍，雞塒豕圈，雜踏庭户。

後家計益落，饑驅無定。有薦之南昌幕中，生大喜曰：「我得歸故鄉矣。」未幾，主人調撫州，又大快曰：「我得見宗人矣。」遂訪臨川湯氏後裔，得一副貢生。又茗狂悅，肅衣冠過其門。其人髯鬚滿頰，腐氣觸人，曰：「先生光降敝廬，得非要晚生去訓蒙乎？」又茗艴然曰：「非也。予居江左，君居江右，久仰玉茗先生清風亮節，不識《玉茗堂全集》外，還有幾種遺書否？」其人曰：「客誤矣。《豫銘堂稿》乃敝徒邵某所刻，僕爲之批閱。尊駕所問《玉茗堂集》，舍下無此書名，去問坊肆可耳。」又茗大恚曰：「君非祠部文孫乎？」其人曰：「然。祠部公著作，則有聖父聖子，餘未之有也。」又茗曰：「何謂聖父聖子？」其人作鶻鵞笑曰：「天下豈有明文未曾讀過，公然越國過都，刺刺不休於文人之座乎？君騙誰來！」不禮而起。又茗號咷大哭曰：「明德之後，必有達人。此言其欺我哉！玉茗乎，能無恫於九原乎！」其家以爲不吉，閧起一堂庸耳俗目，幾被詬罵。幸知其從本府中來，以爲風顛不接，從容導之出。後與主人不睦，辭館還吳，不一載而卒。卒之夕，夷然自適曰：「今而後真得從玉茗游阿鼻地獄矣。」

南廬叔曰：嚴大又茗，我好友，嘗到江西臨川，訪湯若士後人，與之齟齬一事，傳爲笑話，的確非虛誕也。

夜航主人曰：熊伯龍做代庖人，沈歸愚先杜工部措大聲口，顛顛倒倒，哭者尋常，笑者亦尋常也。顧與其爲又茗之哭，毋寧爲副車之笑。

金光亮亮

商籍某生，貌不颺，家富饒而性鄙吝，又極好冠冕。年未三十，懼歲試，遂例貢成均。出必輿馬僕從，僭戴硨渠頂帽，不知者信爲六品頭銜，生亦居之不疑。

鄰有少婦，豔而孀居。生母招致家，俾教諸妹女紅針黹，時刻來往。生涎其色，屢挑之。婦漠然不動，憎其人也。一日，生母遣婢以包裹食物將饋婦家，生潛以僞陽藏其中，冀婦感動。婦知生之所爲，佯爲不知，仍來生家，溫語謝主母，教女伴刺繡，淺深濃淡，配色停勻。主母極悅。

婦早晚入生妻房内閒話，趁無人時，啓生帽籠，將原物套在硨渠頂上，封閉如故。翼日，鄉紳壽誕，生以僅隔一巷，便帽步行，命僕托帽籠隨其後，高視闊武，意氣洋洋。到茶廳，早有門客忙來迎接。生趨蹌易服，同人環伺之，諂其富也。僕人啓籠，昂然直豎，頭角崢嶸，狀誠大觀。衆駭笑不解，愕然相顧，摘指滿堂，妖怪出没。幸有周旋者以他事混過之，生得草草成禮而退。

時有某生秉性極呆，亦備員於環伺之列。見生易帽時，群焉駭笑，呆生不識端緒，因喋喋問人曰：「頃諸公見頂上物駭笑者，何物也？」人曰：「此名贗具。」呆生頷之。

商籍生自出醜後，頗守本分，仍戴金頂。年餘，又遇慶賀事，呆生與商籍生適同席。呆生曰：「君何不戴向日之贗具，而露此金光亮亮者耶？」知其事者，爲之噴席。

脚脚上

黄山道士某，東方滑稽流也。以口給，流寓海内。胸中貯書，不知幾千萬卷，皆世所未見者。故凡經史子集，隱僻典故，及稗官野史，俗語常談，枚舉質之，無不原原本本，昭若發蒙。然其考據則又不經見，想必子虚烏有，憑臆而出之者居多。不然，何聖人有所不知，而道士竟無所不知耶？

寓城某觀三年矣。夏四月，陳、趙二生，本李盧戚也，同到觀中謁道士。陳生請開園看花，啜茗湖石上，索鼻烟嗅之。又請彈琴一曲，并要借《松風琴譜》，登樓縱觀金石及名人墨蹟山水。又求鐵板數算命。趙生不耐曰：「邂逅相遇，清談足矣，君何瑣瑣！可謂脚脚上。」陳生曰：「久欽淹博，『脚脚上』三字有典乎？」道士曰：「君舉業中人，數典而忘其祖乎？前明學臣校士某省，牀上堆積萬卷，心手忙不及辨，因命姬妾十餘人，卸裙結袴，裝束緊窄，將諸生帖括鈎到，蓮尖亂踢，按踢數之多寡，定名次之高下。有踢百回不下者，曰『顛撲不破』。又曰『陽春白雪』，陽春，有脚也；白雪，足白於雪也，若此定居超等。其一踢即落者，曰『無脚力』。餘未上蓮鈎者，曰『非脚色』，置之高閣，概不閲焉。故當時有『好脚跡門生』之目。一切行卷，俱稱『脚本』。『脚脚上』三字，應舉祝誦之辭也，而曰無典，可乎？」趙因思明人《女郎踢毬詩》云：「流丸莫慮甌臾止，頃刻金蓮送上天。」在彼時非泛泛語也。

惕庵先生曰：道士之言謬甚。上貳代舉，下貳代履，未聞以代履而代舉者。冰銜眷不及攜幕友，手不停披，脚何爲者？道士之言謬甚。

五臺女丈夫

五臺鄉某，無子，生女而曰子，人皆以爲子也。既長，冠之。其狀貌舉止，儼然丈夫，有拳勇，力能挽兩石弓，讀書過目成誦，補郡庠弟子員。棘闈不利，旋棄舉子業，治産營生，竭力養親。父母相繼卒。女年已三十餘，家豐裕，不能獨自操作，娶婦相助。婦亦賢德，能安其室。未幾婦死，又納妾。妾如其婦，連舉三子，皆拾人之棄。上下内外帖服家督，出外應酬，翩翩裘馬，聲若洪鐘，但無鬚耳。

有土豪負女家錢千緡，女索之，弗理。豪送女出門，女直提之歸家，閉置一室，日給薄粥一餐。時以歲事逼迫，豪乞立券釋放，女不聽，必如數現繳，方許贖身，否則錮死，甘心成大獄。豪不得已，從之。既，白諸當道，謂女充男子應試官場，裙釵襲袍服之尊，巾幗混頭銜之貴，陰陽反背，妖孽倡狂，三尺所必懲也。女挺身投首曰：「家君無子，生女承祧，安心養親，矢志不嫁。自幼讀書，亦曾弄翰，不揣本質，忝附膠庠。既思男女内外，中正大綱，木蘭安用尚書，不櫛何須進士。入闈一次，屏跡多年，誠悔罪也。今幸雙親骸骨已埋，三子門楣可繼，敢以權宜之術，得免覆絕之虞。自此《楞嚴》一卷，結果餘生。雀角鼠牙，聽憑鬚眉判斷。」當道大奇之，罰土豪而額女門曰「女丈夫」。

翊亭叔曰：古之木蘭、黄崇嘏，皆未曾娶，即汾陽幕下之御史，亦嫁而冒其夫者也。若五臺氏者，殆有武曌之偉略，而兼北宫嬰兒子之孝養者歟？

花浴堂

蘭溪山野之間，人以種花販花爲業，如茉莉、秋蘭、洋茶、鹿葱、夜來香、水木樨、素馨、紅蕉諸花，四時不斷，隨地佈置。其尤雅趣者，無過花浴堂。

昨花農周某來云：「花浴堂者，甃白石爲巨池，周圍輪廣約三四畝許，外葺廳堂四五十椽，間不甚大，上磩下池，皆白石爲之。磩放花卉，下貯泉流，每人一間，飲茶於几，脱衣於桁，無混雜也。旁有竹筩四五孔，孔面書上溫、中溫、微溫，及退、加等字。溫涼退加，從心所欲，擊筩爲號，無不如意。軒窗畔更置風輪，萬花香氣，隨風送至，輪回輾轉，百和氤氳，本領薄弱者，輒靡靡暈去。堂中名目，曰瑤島蓬山、蕊宮璇源、雪香馥海、滌煩洗心、憨憨戲蘭，不紀其數。更有曰愛湖者，不知何所取意，或曰：內有活色生香，是花浴堂之真面目。予未曾試過，不敢妄言綺語。然止此一浴，盡足脱胎換骨。」周某之言如是。

予記《宋史》淳熙宮中避暑，廣植茉莉、建蘭、佩蘭諸草，鼓以風輪，清臭沁人，所謂「水殿雲廊三十六」是也。吳俗繁華，作事尚少雅致，但知趨炎逐臭，沉浸於陰溝穢水，便以爲洋洋浩浩，何樂如之。較花浴堂中之身分，何清濁貴賤之大相懸絶哉！

三昧庵

婁門城内有小庵，名三昧庵者，香火不盛，住持難久，日漸荒廢。去冬，到一遠來僧。僧年三十許，挈一徒弟，一佛婆，行李全無，寄居庵内，已屬可怪。每夜到二鼓時，即有活觀音至。活觀音，一年少婦人，緇衣闊袖，鬟髮如雲，弓鞋纖小，異香滿室。入僧房，與寢處，喃喃絮語，終宵弗歇，天明不見，至夜復然。僧鎮日面南坐，决人休咎，説人原委，如燃犀照渚，洞見底裏，但只理女事，不理男事。若男子來，非惟弗與語，且弗許進。

予戚葉生有女弟子病，遣嫗問僧。僧令膜拜三，虔誠默訴。僧即曰：「汝家有女公子病乎？住房第七秩，爲蛇嚇而起，病不可爲也，七日後必死。」皆如其言。同時有老婢問事，僧教如前法，即曰：「汝主母遺失金匾方乎？在靠窗染缸内取便是。自己弗慎，反埋怨人乎？罰燈油百觔，快輸來，遲有後悔。」詢之則其家果開染坊。由是遠近鬨傳活觀音傳授活佛，神通呼吸。婦女雜踏，髣髴靈山勝會，鹿女道場。

邑令聞之，親到庵内，僧已他去。問徒弟曰：「此庵既乏田産，又無施主，入不禮懺，出不齋飯，遠來三人，何以過度？」徒曰：「斷人休咎，儘得香金。」令曰：「若何斷法？」徒告以能知過去未來。令曰：「何人傳授？」徒曰：「活觀音。」令曰：「若何活法？」徒以直告之。令入僧房搜索，得香奩脂粉女衣褻具等物。大怒，拘僧嚴鞫，得實，始知淫僧納妓，託名活觀音以惑衆。財色關頭，一舉兩得，良可誅也，遂峻法懲之。至於神驗之説，其理若有未易明者，其又聖人之所不欲語夫。

小人得志

汴中馮小人者，身長二尺許，如三四歲小兒。嘗至吳中，以子平餬口，視物於几上，望若檐檻，椅間置座，且層累而上。術僅平平，以其形異，故咸來就問，門庭若市。曾寓山塘貽燕寺，嘴頭滑利，與談相汪振飛説話，深闘機鋒，無微不入。後至京師，僦居清梵寺旁。一時王公大人，招致堂第，觀其升降趨走，以爲笑樂。出入公卿大小衙署，無不熟悉。挈家西苑，置房屋，南中候選人員多寓其家。星命之外，兼營貨殖，遂大饒足。娶婦頎長姣好，生子長短適中。延一孝廉督課家中。上下内外待其衣食者四十餘人。彼徒以形骸之異，得邀物色，而世之長材偉器，奇技異能，餓死蓬蒿者何限！益信小有才者必大得志也。

乾隆丙午秋，吳中燈綵極盛，同人夜過吳趨坊，於駢肩挨背之中見一長人，高與樓齊，兩旁粉白黛緑，一路嬌聲絮語，爭於燈光之下捲簾屬目，曰：「長人來矣，長人來矣！」而長人正樂與觀看也，曰：「我一長無不長者。」衆爲推擠不動。然聞其懶性無匹，粥粥無能，日食斗米，虛有其表。身且不能自給，焉能給衆？視仳仳之有屋，蔌蔌之有穀，得失何可同日道哉！噫，徒恃其長，奚若善用其短。

奔牛麒麟

五六年前，常州奔牛村，牛産麒麟，遍體鱗甲，尚未生毛，自嘴唇以下至小腹，白痕如雪；尾闊二寸許，殷紅若硃砂；蹄足軟毛鵝黄色。生時紅光燭天，合村驚爲火發，遠近奔至。數日後，觀者填鄉鎮，壞房屋。麟母牝牛，怪其狀，不肯乳，人競以粥糜飼之。麟不欲食，竟餓死。村人以石灰淸之，置一木阱中，舁至虎邱千人石上，鳴鑼招看，獲利頗多。後朽腐，不能博錢。或曰，麟有兩胃無腸部，視之果然。或曰，麟嗜銅鐵屑，惜無有知之，聽其輾轉以斃。後其母在群中，他牛雖十百，必讓其前行，物猶知貴其所自出也。是年大水，阪田淹没，黎民阻飢。昌黎以爲不祥也，信有然哉。

驅痘妖

劉鶴士云：某年松江痘症大發，自春至秋，無一得全者。郡城内外，小兒爲之一空。棺木賣罄，以大改小，作兩三具賣之。有兄弟三人，共獲一雛，亦將發痘，舉家慘怛，以爲斷種奈何。其季弟獨不信，曰：「厲疫時行，何在蔑有，奚至流毒一方，靡有孑遺！意必妖孽爲祟。」季武孝廉，糾糾多膽力，乃拔劍坐小兒之旁，晝夜伺之。

至第三夕，月色甚明，忽見屋簷下一老人，青袍幅巾，眼如緑豆，自上而下，對小兒牀帳内盡力吸氣。孝廉將擒之，妖一躍上屋。孝廉亦一躍上屋，大喊擒住妖怪。妖情急，飛入南城外荒園内皂莢樹上，被角刺所傷，撲下，又觸着樹根邊不净之物，遂不能起。明晨視之，見巾服蜕殼一具，自頂迄踵，皆小兒痘痂，蒙密無餘隙。衆惡其狀，以雄黄、檀降香屑等藥實之，付諸丙丁，一方痘症得安寧焉。此妖不知何所取意，殆小兒之劫運，藉非孝廉一擊，不識伊於何底。

夜航主人曰：痘，先天毒也，醞釀深矣。戾氣所鍾，人情日薄，老人吸氣，爲虺之摧耳。孝廉能驅痘妖，可能討孩兒之竹馬乎？

狎客變龜

古之司樂者曰伶，伶，供使令也；曰優，優，言善戲也；曰伎，伎，工樂藝也。史遷曰「倡優畜之」，班固曰「俳優畜之」，則樂工之賤久矣。今之度曲者曰「清音」，有教梨園弟子者，有教授歌伎者，若紈袴子弟及富商豪華，按曲怡情，必命清音，吹笛彈弦，敲鼓擊板，償其勞，謂之「塌化」。其養於家，使拍工尺者，稱爲「狎客」。狎客云者，即陳叔寶後庭狎客，與優伶同實異名也。習是業者，所在有之，吳中尤甚。

近有馬姓者，技不工，改業爲磁器生涯，隨主人遠出，折資流落南昌。有薦於袁州訓導署中，仍教度曲。馬初至，羞澀畏縮，作搖尾乞憐狀。繼則洋洋自喜，逾年後，竟高腆胸膛，款足徜徉，居然座上客矣。

吉安蕭君震庭，不羈士也，腹便便，人落落，時爲廣文正齋，見馬醜態，詢諸門客。門客曰：「公獨不知天龜乎？龜入門，必憑物引進，唯恐失足，不敢稍動。既入，則漸蹣跚庭中，久則昂首拖足，全無畏忌。若踏其背，則頭縮尾掿，屏絶聲息。吴門沈蕒漁《諧鐸》中《黿鑑》一篇，正爲若輩形容也。」

一日，蕭公出，馬闖入正齋，竊坐皋比。方坐下，身忽負如千鈞重任，俯首低背，頸縮兩肩，伏於髀上，不能動彈，惟碧眼睜睜而已。諸生駭異，笑不止。蕭回署，見叱之，不動，若不聞，拉之甚力，身忽輕，急走至外廂就坐，狀態始醒，絶不傴僂。詢以前事，惛惛不覺也。諸生曰：「先生何怪哉？屓屭駝碑象形也。先生身雖他出，坐間有物憑焉。少陵所謂『文章有神』，其信然哉。特恐先生文字太多，碑重難勝，不知遲之又久，當作何如結局也。」呵呵不已。

陳二軒曰：教坊固寵，手奪花奴，協律雖封，頭仍緑幘，清音而濁物也。忽焉居先生之位，當師傅之尊，豈以春風馬帳中能容物乎？魁神侮弄，何其巧妙。

汾州客

高繼韶云：山西富人錢青，專事刻剝。同里有汪孚者，不謀生産，日與惡少飲酒賭博，貧乏不能自存，往投錢青門下。汪雖黠滑，外貌似樸誠，錢甚信之。不數月，出白鏹數萬與汪，使往杭州放債，取稱貸之息。

汪挾重貲，化富相，居會館，一時窶人子乞假於門者絡繹不絕。立契約，計子母，不得重利，掉頭不顧也。稍有遲延，往罵其門。遂日遊酒樓歌館，狹邪子弟多從之遊。未幾，囊橐一空。自惟不可復反，思盡收其債，而借者悉無賴子，知其無後應，堅揹不還。汪往索，反以詬厲相加。汪垂頭喪氣，憂困而死。

死見閻羅王，稽其生前罪孽，當入畜生道中。因負錢青累萬，人亦多負之者，使復投人身，以了夙因。命鬼卒押赴陽間，至内室，見一婦人方坐蓐，迷眩間已變爲兒身矣。父姓卜，起課爲業，胡言亂語，從無應驗，人固稱爲「卜弗着」，母亦爲卦姑。兒長習文，業字有靈，自號「半仙子」，課輒驗。

至弱冠，父母俱没。娶妻某氏。逾年抱孕，到彌月時，下見一人闖入，似曾相識，而不能省記。急追之，直入閨中，並無人影，妻已居然生子矣。夫婦歡喜，愛同掌珠，取名曰桂，字曰檝就。卜生兒後，問課者日盈門，遂高其聲價，計竟日所得，不下數十千緡。兒幼聰慧，好嬉戲，稍長即近聲色，厭粱肉，鮮衣怒馬，擬於貴家公子。以故卜所得課錢，揮霍於癡兒手者盡矣。

一日，有道士來，手持古鏡一柄，光芒射人，閃爍可畏。道士踞上座，默無一語。卜異之，問道人何爲者。曰：「貧道此鏡，能照人三生面目。」卜取照之，初見一中年憔悴者，再視之，則宛然己也，又視之，則成驢形矣。卜怒，擲鏡於地。道士笑曰：「此郎君三生也。」時黻就在側，拾取照之，見一老翁，諦視之，則姣好肖己，凝睜久之，忽變豕相，驚而棄之。道士取來，呵氣一口，鏡忽大數倍，招卜父子觀之，鏡中人纍纍如豆。指謂卜曰：「此憔悴者，爲汪孚，君之前身也。」謂其子曰：「此老翁者，爲錢青，若之前身也。」又見紛紛寒乞者，挈錢與汪。道士曰：「此皆償所逋者也。」卜茫然不知。道士爲悉前生原委。父子聞之，面如死灰。道士收鏡，拂袖出門。嗚呼，世之守錢虜，甘爲子孫作牛馬，皆前生之債主耶？

夜航主人曰：無債不成父子，無冤不成夫婦。冤有頭，債有主。萬千世界，債負紛紛，安知冥冥之中，不有主其簿者乎？欲知前世債，今生受者是。欲知後世債，今生施者是。道士菱花，可不用照。

卷六

江西樟柳人

樟柳人者，以樟木柳木接凑，雕作人形。其法，覓人家小兒女八字清秀者，刻在木人身上，呼曰「靈官」。呼之百日，魂附木人，便能説話行走，與人無二。善言人間一切陰陽吉凶事，並能關引亡魂到家。家人環集，問及生前事，對若影響。以故江湖術者，奉爲至寶，懷藏於胸，神仙不啻。好事者廣植二木，羅致無數八字，千呼萬喚，如同搦作伎倆，做出許多人材，教以清音演劇，教以文墨應酬，十人爲一班，五人爲一夥。此種人物，皆絕世聰明，幾乎不學而能，誠非血肉烟火可比。江西一帶，所在多有。

某公爲饒州牧，甫下車，渴欲見之。閲日，即有五人同乘小轎，伺候轅門。跟班通報，手本書「沐恩生某某」。少選傳見，跟隨捧一大盤進，五人恭立盤中，至私宅門，各高聲稱「老公祖在上，晚生等參揖」。各長揖。身材五六寸，面目肥瘠不同，緯帽金頂，黄縑絲袍，天青紗套，腰帶佩掛，粉底皂靴，辮線紅色。命之坐，則皆北面長揖告坐。跟班早於胸前摸出五椅，折疊爲之。命之扇，五人即於扇袋中取出書畫扇，如銀杏葉子大，翕翕有聲。送茶送烟，茶椀烟筒，皆自帶來。茶椀如龍眼殼大，烟筒居然鳥槍式，絕類挖耳。規矩儀注，不差一綫。某公曰：「久慕年兄輩聰明俊慧，故此相招。」衆曰：「不敢。童子何知，恭逢作養，老公祖惠揚仁風，洪宣清誨，生等不勝雀躍。」聲細於蜂。茶罷，齊起曰：「老公祖指日台星高耀，生等小草向陽，不忘培植，謹獻微忱，恭參大壽。」因上呈册頁一本，如壁蟢窠大，裝潢精緻，頁内大約五言排律一百韻，稱功誦德。五人聯蟬合錦成之，蟭螟細字，再多注脚，某公老眼麻茶，其細已甚，一簇姓名，不能詳述。褒獎幾語，五人始稟辭。

細玩情狀，較眼前時髦，更覺時樣。春蘭秋菊，一時之秀，於樟柳人見之矣。惜乎排律詩册頁被一少年幕友取去，要摹仿其時款故也。嘉慶五年中元日，庚亭叔爲我言於翠娱園之小盤谷。

雯中叔曰：若輩夏蟲趨走炎官，情耳。若在冷官，恐招之亦不肯來也。

溫香清話

西泠女史江溫香，不知其譜牒。甲寅春，攜二女兩婢，一當家媼，僑寓吳門柳巷。管花田《添香夜讀圖》手卷，題詠數百家，女史獨集唐句，巧妙自然。予同花田曾一訪之。湘簾棐几，室無纖塵，古琴橫榻，瘦竹搖窗，瀟灑書齋，靜觀自得。二女瓊姿玉瑛，國色天香，恂恂溫溫，林下而兼有士人氣。

溫香年未不惑，自嗟衰老。詩才既妙，技藝更精。能造筆，紫穎銀毫，剛柔合度。嘗贈一書生筆，兼貽一絕句曰：「分付尖奴好事伊，中書骨相果然奇。化工顛倒憑君弄，不許人間浪畫眉。」《秋日過虎邱》云：「鶴澗泉枯難咽石，鐵華秋老尚飛香。」女心傷悲，宛同秋士。《自題小照》云：「徐娘少日無風韻，老去公然醜阿婆。」胸襟開曠，銷除脂粉久矣。全椒薛又瓢，達心而懦，戲謂溫香曰：「卿才觥觥，只少鬚眉如戟耳。」溫香應聲曰：「政恐鬚眉如戟，反無丈夫氣。」其捷給如斯。《詠秋海棠》云：「最好夕陽牆角過，水晶簾內看橫陳。」周蓮生不解，造門問之。溫香云：「秋海棠花謝後，子房三角稜稜，恰像婦人足襪，仔細體認，其媚在骨，宛然美人裸臥橫陳屈體態。」周以爲評花妙贊，匪夷所思。

猶記龍舟節，蓮生過其家，溫香恣與對門小兒弄梅子於榻牀上。周笑曰：「此正所謂『郎騎竹馬來，繞牀弄青梅』是也。」相與諧賞。尋辭去，溫香潛耳語周曰：「儂非不欲留君也，君熟『長干行』故耳。」周又不解。溫香大笑曰：「忘之乎：五月不可，猿聲天上。」遂傳爲奇話。

《四十初度》云：「五千言裏新開卷，二十年前舊放生。」詩詞甚富，隨草隨焚，唯《影裏陽秋》一卷，予曾閱過二三頁，大率雌黃流輩，究亦輕薄之流也。有心腹婢曰阿鴉，慧舌女子，不離左右者。前年遇之郊外，詢及溫香近況，娓娓良久。有虬髯客來催去。予問何人。阿鴉曰：「是即鴉舅也。」噫，婢尚如此，康成可知。

擘絮樓十才子

天下美名難出，醜名易播，以人情不喜美人而喜醜人也。然人情之所爲美者，未必真美；人情之所爲醜者，未必真醜。則安知美名之人不反落醜名之下，又安知醜名之人不反在美名之上哉！唯然，而擘絮樓十才子何愧焉。

擘絮樓，江溫香所居，十才子常集樓上。才子之名，皆因出醜而得。事詳《影裏陽秋》，而其渾名可數焉。一曰亭亭，再曰云云，其命名之故，却未明白。兩人俱浙中名士，意者取禪主云亭之義，隨分呼之而已。三曰夜郎臭，吳人，家巨富，喜揮霍，以夜郎「自大」二字誤作一字，故有是名。至於尖由之者，亦浙中秀才，其人近覰，入場看題，「小大由之」，上二字認作一字，遂喋喋問人曰：「『尖由之』三字，在何書上？」早有是名，非擘絮樓名之也。

若夫五才子，香閨貼漢是。六才子，二十一監是。「香閨鐵漢」，誤書「貼」字，幾遭毆辱。「昔昔鹽」錯認「二十一日之監」。兩人上下江住，亦豪家子。《詩品》「謝五」，言詩如初日芙蓉，説靈運五言詩之妙，有誤認排行第五。和友人蓮花詩，友押張六郎，彼竟押謝五郎，故五郎爲第七才子。更有「丫頭」爲「了頭」，「鴻溝」爲「紅溝」，八、九才子，了頭、紅溝也。兩人俱負盛名。外有字非誤而句甚奇，《詠美人足》云「朝天一段香」，茲因才難，遂以「朝天一段」補足成數。

溫香居南面，十才子環繞之，有事呼喚，如身之使臂，臂之使指，無不作如意君也。倘曰「謝五書」，則墨已飽矣；「夜郎飲」，則盞已乾矣；「紅溝取水」，則泉滴滴；「了頭揮箑」，則風徐徐。而且清談必共香閨，消遣全憑一段。亭亭、云云，尖、監一韻，終吾生以徜徉矣。

然而十數年來，風流雲散。云云兩捷雲梯，一官花縣。香閨、謝五，先後謁嫦娥，旅食京華，春光幾度。了頭朝餐苜蓿，紅溝晚幕蓮花。餘皆擁妻抱子，綵衣肉食而已。朝天一段，久已香銷，良可惜哉。夜郎惡疾纏身，遮祛相對，貧無立錐，現依絮樓，臭名之先識歟？才子之落劫也。噫！諸子年齒，尚未知非，不識過此以往，將如何反覆耶。夜郎雖臭，慎毋自居下流，甘爲人後。

趙量玉曰：江溫香，非即詠落花之汪潤香乎？十才子，非即十香友乎？予曰：天下豈無有似是而非者。知一說不知又有一說者，注疏家通病。玉尺如君，何作此瞎量語耶？

鄭生買茶

桐鄉鄭生，美如陳平，潦倒未娶。年將弱冠，就試省城，過小巷，見茶葉店女子姿致嫣然，目眙片時，遂往買茶，故意索精，絮辭纚纚，冀其顧盼。女端嚴不動，貿易如常。

方包好時，生佯爲繳錢，誤觸女腕，女不顧而背生。生覺髮香沁人魂骨。明日再往，有翁倚櫃，其父也。生望而止。翁不在，仍往買茶，日四五次以爲常。度買必留連繾綣，務指着裏面錫瓶龍井字號者，俾撮幾許來，嘗其旨否，使之移步，得玩其裙底也。

一朝清曉，生來買茶。女方梳洗畢，忽謂生曰：「君考究若斯，何不自帶茶葉來而僕僕耶？」生曰：「鄙處粗茶，何敢望天仙風味？侍臣最有相如渴也。」女始粲然露齒，生不覺神往。既而試竣，同人各歸，生猶情癡不捨。囊資耗盡，隨身行李，悉已典質，惟有茶葉一箱，抵消費用，而身仍躭躭小巷中，欲往買茶，囊空如洗，但雙眸注定，欷歔惆悵而已。

對門麪店夥記王八者，善於詐騙，買茶情事，當局者迷，旁觀者清。忽曳生袖曰：「君婚姻乎？」生曰：「未也。」王八曰：「我爲君月老。」生曰：「素昧平生，沿街媒妁，何處淑女肯濫送乎？」王八曰：「君意中人也。」生曰：「我意中何人？」王八曰：「茶嬌非乎？」生駭曰：「奇哉，神仙下降也！」生正欲訪女根底，得王八一語，喜出望外，曰：「此處非語言地。」遂脱衣質酒樓上，拉與暢飲。王以生書懦可啖，亂墜天花，説得活跳，并云：「翁止一女，家頗饒足，雀屏一中，定許館甥。我與翁心腹交，惟我言是聽，但得財禮百金，即日喫君謝親酒。君其及早圖之。」生倉皇歸里，踵阮修斂錢故事。幸有憐其才，又重以嗣續大事，醵金如數。生挾金到省，尋王八。王曰：「君真信人也。」受金與允帖，並詹定合巹日期。生歸，再爲整備一切，檢點作嬌客矣。

臨期再至，王八已遐舉高飛。問店主，主曰：「此人自去自來，梁上燕也，我不知，客請行。」生氣填胸臆，曰：「允帖猶存，門楣尚在，明係賴婚！」拂衣赴縣，大哭擊鼓。錢塘令，風雅吏也，最喜玉成男女事。聞知，即坐審。生上前細細陳説，自始至終，一毫不諱。令大贊曰：「好逑，情也。不諱，義也。有情有義，可以爲人婿矣。汝勿憂，王八走矣，我無走處，我替君爲王八可乎？雖然，原媒當讓也。」即傳來。少頃，王八至，叩頭曰：「小人該死。」令曰：「媒人何出此言？汝不過要增謝禮，何作難至此！」王八曰：「小人情虛詭避，實未關會。」令曰：「關會未遲。」蓋此時此事，滿城皆知之。乃傳茶葉翁至，出允帖示之曰：「帖係汝家書乎？」翁曰：「非也。小人實不知情。」令曰：「閧聞至此，尚在暗中，汝忠厚人也。但我有〔一〕父母官，眼

〔一〕「有」字有誤。

前都是赤子，父母無偏向人子之理。我欲以汝女妻此生，汝肯乎？」翁曰：「惟父母言是聽。」令點首曰：「汝固是要體面人也，我爲汝蠲吉。」即選定某日，交拜成禮，仍着王八爲媒，曰：「今日弄假成真矣。」

判曰：「勘得鄭生名來攀鳳，實事求凰；茶女跡異當壚，身仍待字。槐花滿地，明中成一笑之緣；茶葉爲媒，暗裏遂三生之約。典絮袍而沽酒，幸遇琅邪；返蘭棹以醻金，毋忘桑梓。詎雙團扇將引紅鸞，而八公山忽儕黃鶴。成事幾乎敗事，神通端的誠通。阿翁無害冰清，快婿何慚玉潤。從此釵囊揀茗，不妨按前日之柔荑；想當裙佩移蓮，孰料踐今宵之羅襪。天使人以作合，餅店客師；人奉天而施行，錢塘縣令。喜筵媒備，騙案官消。此讞。」

鄭生今貴，茶女葉氏贈孺人。此事可編入葉象山《續蓮花記》。

狗　吃　醋

十七都許母村聶福官之婦某氏，歲底幫磨，説其近鄉富孀，年已半老，蕩性獨別，爲人叵測古怪，巉巉難犯，時刻怨天罵地。姑不堪其詈，微諷之曰：「人各有志，無容相強。長夜如年，琵琶江上，未爲晚也。」婦睜目曰：「既不餓死，嫁何爲者！」姑愧語塞。

然其求牡之心，可謂無微不入。貌頗不陋，識字能書，當懷春時候，遇凡雉鳴雀合，蝶戀蜂交，輒呆思終日。一朝洗粧初罷，捲簾倚玩，忽見竹籬下狗媾，膠粘壹併。婦心涎之，不敢端詳，恐人見之。洎晚間潛嗾之來，匿己臥房內，拉入一處，縱其相交。朝朝暮暮，陽臺之下，殢雨尤雲，耳濡目染，姹女神宫，眼腔火熱。既思關門塞竇，何苦爲人作嫁衣耶？鴇兒不若窠子，遂逐牝納牡，扃户逼之，牡不能從，移花湊木，牡又不能。婦情急，馬扒其身，類其所爲以遷就之，牡始交接。再接再厲，烈烈如火，積歲飢腸，始餐異味。汪洋浩漫，若巨魚之縱壑也。追入奥尻，若鴨嘴之啄食也。未幾，四圍軨匝，間不容髮，如長房之縮地也。漸入佳境，甜蜜中邊，如長康之啖蔗也。韓盧宋鵲，縱送自如，翹以粗，閟以奄，大非人間鑿枘可比。

婦於是絕憐愛之，飼以粱肉，衣以滑綾，僅空上下交接處。名之曰敬寶，從「苟」字邊旁取義。婦家法峻肅，房宇沉邃，居常婢僕，非呼喚不得入，故日與敬寶耦俱無猜。金井秋深，梧桐月下，靜夜無人，敬寶搖尾乞憐，思媚其婦，如舊婚媾焉。

婦有中表弟某生，風儀秀整，春官不第，歸來探望親戚，詣婦家。婦招入内廂，寒暄之外，各敘闊悰，兼及家事。驟聞房内金鈴疾響，敬寶狂跳而出，猙獰萬狀，噬生袍服粉碎。婦叱之，即噬婦，器皿狼藉滿地。生見勢猛，趨出。敬寶猶嚾嚾不止。

後婦燒香歸棹，媪方扶上岸，早有牝狗一群，伺候環繞，狂吠發瘈，衆解不散，直前競咬婦，裙袴盡碎，喙傷要道，始嗥嗥散去。婦匍匐進，敬寶每夜以舌舐傷處，不痊，延狗醫診之。醫曰：「狗涎毒入子宫，無能爲也。」輾轉而死。敬寶衣食不繼，纍纍見喪家情狀。去冬大雪，以竹葉梅花來，與一飽而去，至今杳無蹤跡。

江憨泉曰：狗之爲言，苟也。凡苟合者，皆狗合也。恐不僅雲雨之中有狗合也。

《易》曰：「君子慎始。差若毫釐，謬以千里。」可勿懼哉！

夜航主人曰：皎皎易污，嶢嶢易缺。當其嚴詞厲色，舌快於刀，雖高堂尊大，亦爲之低首降心，何其壯也！乃艾不寄婁，凰偏引鳳，心口不符，至斯極矣。况奪彼籬前，專諸房内，黄花黑白，群起一村，醋海風波，物猶如此，可輕嘗試之乎！天下理之所必無，安知非情之所或有？我何敢以婦言爲河漢。

唐村姑媳

狗爲盛陽之物。槃匏妻高辛，徐宮產鵠倉，自古以來，婦人遭之，不足奇也。褚《堅瓠集》載婦人與狐狸交，與驢馬交，與獮猴交，至有與蛇交者，疑此皆妖魅幻作人形，脱其本來面目，則變而又常也。

新聞滸墅關外唐家村姑媳二人，姑，孀婦，媳，養媳，異室同居。姑獨夜難挨，猛想日所見甕頭黄鱔，活滑可喜。因起向甕中，取巨粗且長者，用絲綿握其尾，令以頭探入。物因尾痛，頭亂頂，躬亂鞠，儘力直楦，獨眠人得未有之奇趣焉。物定而人始安，夜夜如是。善男信婦，魚水因緣，黄帽滑生，勝於先生之呆板多矣。婦自進善以來，惟善爲寶，且善量甚洪，一夕連斃幾命。

明晨媳起，譁然曰：「異哉，甕蓋依然，鱔何減哉！其中必有故焉。」夜不寐，私伺之。至三更，姑潛起摸鱔。媳佯睡如故。鄉居屋狹，姑媳臥房僅一板之隔，媳從隙中窺之，見姑納鱔狀，驟覺一縷慾火，自湧泉穴直透丹田，莩膜中如蝨噆蟻嚙，按捺不耐。俟姑入定後，襲其衣缽，如法而行。但一線紅扉，不比堂堂廣厦，物挨身而入，望裹直鑽。女發急，急取剪刀斷其半，物痛益入，真追心窩，不一時而氣絕。黎明，姑屢喚不起，挖搧入房，見媳僵直牀上，身邊半截有尾無頭，始知爲前半截鑽死。

噫！天下有秘術，必有秘授，一脈相傳，豈無丁寧告戒。女雖佻滑，此事非老手拏握不定也。竊其法而行之，如不得其法何？卒之鹵莽滅裂，流血敗露。情慾境界，生死關頭也。婆子村中，尚慎旃哉！

鐵蓋銀瓶

慈谿河神廟，靈爽最著。其神爲袁元峰再世。元峰生則廟衰，死則廟中香火日盛，以此爲驗。元峰全相名鐵蓋銀瓶，周身白皙如羊脂玉，面獨黑。黑，水色也。生時，母夢黑龍蟠牀，生而黑面，故名應龍。臨終囑後人云：「家有火警，當以我蟒袍覆屋，可得無虞。」後鄰家不戒，延燒一村，家人如其言，則見一黑龍空中來，雲氣蓊翳，火尋撲滅。

《文文山别集》云：先生下體有鱗甲，面如黑漆。每當風雲雷電時，輒躍躍作騰空之想。門前有方池，夏月常浴其中。且置石枰於水面，日與客對弈，不中寒濕。殉節之日，居民多見池内烏龍升天，雷雨驟作。按之時刻不爽，此其徵也。

吾鄉陸青來先生少館郡城，七月中，趁航船歸江，過太湖，龍風陣起，挾船上天，同人躡足雲霧，見仙宫飄渺，歷階而上，鼉鼓逢逢，一烏龍出握先生手，命同人坐，禮數殷勤，茶罷始起。隨有蝦裝蟹胄數人導之出，船仍的穩，人各無憂。蓋龍奉公行雨，路過太湖，適遇故人，招入行殿，得敘闊悰，僚友常情也。惟時同船者，藉先生力，得上天片時，豈偶然之遭際哉。先生骨相清臞，虬髯黑面，身體潔白如銀，生前乃龍也，亦所謂「鐵蓋銀瓶」者，異哉，人無相乎！

尤荔塘曰：世傳吳人張僧繇，畫龍於金陵樂安寺，不點睛，恐破壁飛去，神畫也。予視對門友陶山人畫龍，有過之無不足。原其故，以曾與陸青來同上天，見過真龍，造過龍宫，並與龍説話應酬過也，有不神其術哉！

東昌怪

吳棣山云：東昌某縣，有三怪，一爲石碑下屓贔，一爲白牛廟鼓精，一爲東牌樓魍魎。三怪出没無定，或相聚談，唯魍魎則妄自尊大，在三怪之中有不相投之狀。

屓贔負千鈞於背上，誇九重於生前，骨重神寒，形端表正，嘗傴僂向人曰：「無論蟲書鳥跡之篆，韓柳歐蘇之文，必老夫身背上担當，否則立脚不牢矣。可笑今之杜撰文人，塗鴉墨客，反唇而譏曰：『幸有我輩，君得借重，可以磐固不動。君如誇口，放出力量，泰山豈不可以壓卵乎？』此等輕薄，不遇雷轟，定遭神擊，不碎不止。」

俄聞逢逢乎宮音，鼕鼕乎商音，淵淵咽咽，坎坎簡簡，鼓精出焉。面闊於箕，聲如牛吼，金帶疊肚，竭力勉𢐀。一生喜擺大架子，然其家聲丞相，詩祖日休，亦大來頭也。搖搖擺擺，執小扇而下揖屓贔曰：「石君喫力乎？」屓贔曰：「正當，君皮膨脹乎？」鼓精曰：「特來解穢。我輩清閒，了無生色，君既負重難勝，我亦布置漸穿。東牌樓惘惘小兒，兩手現成財帛，若得招之門下，君獲潤背，我且有響聲。」

未幾，月黑風凄，譙樓三鼓，忽有奇鬼，身長三四丈，渾身衣白，跨過牌樓，大踏步而來曰：「深夜無人，儘好作樂。」瞥遇二怪，畏縮不前，曰：「惘惘無知，不想老宿在下，一時莽戇，乞恕唐突。」二怪曰：「不期而遇，富以其鄰最好。」魍魎曰：「賤體魁梧奇偉，鄙性高視闊步，久仰二尊，頗欲側躬向化，不同没字碑文。奈長短不齊，低昂莫湊，二尊即便高唱入雲，予小子聽去，幾疑嬰兒學語，若何？」二怪曰：

「君頂天立地，總無聽我輩教訓之理，必横倒乃可。」魍魎曰：「謹受教。」遂將肩山徐徐頹下，漸看磨盤山大許頭，枕於石鼓之間，五官畢具，不倚不偏，雙足直伸廟門外，兩手緊捻寶貝。二怪曰：「君既要潛心學問，手頭且顧不得。」乃暫放柱石旁。時將五更，有喜媽左執小包，右提籠燈，住近東牌樓，見廟門前臥一長漢，異樣身材，想必醉倒者，既思名將，必有寶刀，頻年閱歷，戔戔小夫。昌黎曰：「大怪之者，出大得意。」豈可覿面失之？提籠細照，腰胯之間，物與身等，一嚇而蹶，手觸柱石，乃一翹邊金元寶。四顧無人，雙手捧之歸。媽坐是發迹，富甲一鄉云。

夜航主人曰：退之怪物，昌谷鬼才，鬼怪遭逢，議論必奇。蟢子飛來，提燈物色，意在物而不在物也，其膽量不有過人者乎？稍擲纏頭，俾子孫世世素封，誰曰不宜！

罨子一席話

俗語本無考據，考據即非俗語。先進士蓬萊公《藝林彙考》二百卷，有「釋諺」一門，詳矣。蓋語久則古，古則典，典則非俗。語隨俗起，典語之始，即是俗語。俗語有所謂「罨紙」者，人家受生還願，及經懺道場，必焚化紙錢，以草作團安放者，謂之

「罨紙」。一作「罨子」，言架子雖具，奄忽燒火，不比他物稍可耐久也。

鄉間有某罨子者，貴爲諸生，富有百畝之外，其罨量特宏。新正賀歲，輿從簇絢，嘗過其友人家，曰：「弟不才，當世名公鉅卿，縉紳先生，竟以不識弟面爲恥。去冬蔣時庵過敝齋，要招弟入消寒會。弟因窘況，將應嘉興府某公修志之聘，既思五馬來招，不足爲弟榮，轉薦敝友某太史去。某公不允，又浼香樹先生後人來介紹，懇予一往。奈俗冗不得抽身，慚愧之極。一霎新正，閔撫軍夙重義氣，其所素好，又在近邊，新年不到，似非情理。前日上蘇，謁閔答蔣之外，投刺消賬，便擬返棹。小伻頗慧，提醒稽公子送過鹿肉脯，現寓羅浮別墅，何不乘便一答？弟然之。過素賞齋，知王光禄已到舍去，隨命轎往洞涇。光禄恰歸，被堅留住，曰：『蘭泉要君參訂《河海集》，託我留君。渠即日至。』弟答以不暇，教伊寄信申衙前畢秋帆舍親處，即能報命。光禄始放弟出。是夕宿葑門彭舍親宅上，剛接着沈雲椒手書，云『彭七大人曉巒老人渴想君，屢次致書。君何不上隻字？京師人多言君傲。』弟閱書氣惛，近前大老料理弗開，焉能一直上去？是以去年王中堂壽弟，託金聽濤爲我點一到字而已，有幾許神思爲諸公應酬耶？雖有幾人書記，都是濫竽。昨日王夢樓薦一人來，前日趙耘松薦一人來，再前日陳永齋薦兩人來。弟以朋友吹噓，情不可却，留爲伴食中書而已。」其友聽不耐煩，曰：「君飢矣，啖飯再談。」罨子曰：「弟被奇方伯滿菜傷胃，殊不欲食。」其友曰：「飯不食，小飲可乎？」罨子曰：「前夜與秦簪園拇戰，連負十拳，嘔唾淋漓，今見杯中物，讐寇矣。」客在旁曰：「簪園久赴玉樓，君幾時與飲？」罨子曰：「僕忘矣。僕故人情密，時形夢寐，簪園共飲，夢中情事，誤當目前。」客曰：「然則君一席話，皆夢中話耶？座上無癡人也。君所云云，概不與聞。」

夜航主人曰：友人戴香九嘲時髦詩曰：「一種風光士大夫，蜜玻轎子蕩流蘇。忙奔投帖長鬚僕，溫語傳房短辮奴。出位狂迎拱幾打，登堂互拜手相扶。久懷一嚮年兄好，某老先生會也無。」可謂形容切當。昨閱《趙甌北集》，云一僧人遇富人，歷舉軒冕來往，不勝煩惱。富人曰：「若既怕煩惱，何不出了家？」今聽罨子生云云，反不如杜門不出，作秀才樣子。

桂花香酸心

震澤崔生，名不琢，慕不雕而名之也。績學能文，工詩歌雜技。有「青衫有酒皆成淚，紅葉無詩不是媒」之句，某鉅公極稱之，曰：「前有崔黄葉，今有崔紅葉矣。」發憤讀書，艱於一第，南北十餘戰不捷，竟賦《鵬鳥》，齎恨重泉，士林傷之。

婦某氏，進士某公女，閒靜能詩，並長於填詞，有《霜華樓小草》數卷，多可採語。亦薄少君、龐蕙孃一流巾幗。其《慰良人失解》詩云：「南圖秋高雁氣清，蕭蕭鎩羽未分明。亦知六翮終飛去，再鎖樊籠待長成。」「紫極三垣屬主司，天高難問路參差。嫦娥畢竟緣何事，不許兒夫折一枝。」「心手工夫事萬難，紛投花樣逐時看。鴛鴦幾許金針到，勿用牢牢罵試官。」「夫婿長貧老歲華，生憎名字滿天涯。妾身絕似霜梅核，歲歲酸心伴桂花。」傳聞婦到寒露桂花發時，聞香必心酸，自中秋至九月十五一月，謂之「酸心節」。

有婢名阿黛，嫁於王家溪，夫婦相得。其夫一村兒，三年夫死，阿黛守志不改嫁，仍來婦家勸幫中饋。每到清明，梨花開放、白雲迷離時候，阿黛亦要心酸。問其故，不言，但黯然神傷而已。知之者竊語人曰：「其夫鬅鬅頭，覩物懷人，有如是花。」閨中聞之，則又破涕爲笑云。

侯雲士

鄒別駕玉海，官粤多年，丁外艱，貧不能起復。去年天中節，載往山塘看競渡。笙歌畫舫，眉黛紅裙，望而歡樂之。玉海因述起粤地烟花，惠州爲最，所尤負盛名者曰侯雲士。雲色不如才，然靚粧雅素，神韻天生。嘗繪蝴蝶，題小詩贈相知曰：「朝來雙手洗紅薇，描出春駒粉漸稀。夢裏花枝依舊好，五羊城北莫輕飛。」人爭誦之。

某孝廉聞其名，數往，不得見，含怒去。後捷禮闈，即選其地縣官，急索之。雲大懼，求貴人解，不得，乃毁容粗服，自投縣官。官覰之曰：「若果雲士，徒負虛名耳。」雲士曰：「負虛名所以受實禍。」官遽撫案曰：「是雲士矣。」一笑而釋。自此名益盛。

年三十即謝客，以筆墨自娱。養女數十人，應酬門户。越數年，有江南公子酷慕之，求信宿懽，不可。乃使其門客十人爲請。雲早粧出，十人皆長跪曰：「某等有所陳，慮娘不許，恐無益齒牙。」雲曰：「若但言，無不可者。」十人曰：「江南公子，貴客也，求盡初會之禮。」雲曰：「未知公子屬意我第幾女？」衆曰：「即娘身是。」

雲曰：「我離塵已久，豈可復作兒女態？且年長以倍，而以身事之，人其謂我何？」十人曰：「我固知娘之不許也。雖然，公子不惜千金，娘何獨惜一諾，而潤兒輩之歌喉彈指耶？」雲曰：「諾。若是，即今夕可矣。」於是厚款公子，命女優演《桃花扇》。席告終，漏四鼓，將就寢，婢搴幃請曰：「明晨某公誕。凂娘一詩祝壽，豈竟忘之耶？」雲告公子曰：「妾須了此。奈何！」公子曰：「揮毫，韻事也。獨不可焚香以助卿推敲乎？」雲接筆立就。須臾，婢持縑幅而進者踵至。雲了無倦色，口與公子言，腕下脫稿幾幅，不假思索，字簪花，語奪錦，噴烟啜茗，一番清課，雞三唱矣。擲筆謂公子曰：「未識偎紅倚翠中，得有此趣否？」卒不及亂。

梅生淑曰：昔馬湘蘭贈王伯穀詩曰：「自君之出矣，雙淚落金巵。酒是消愁物，能消幾個時。」自是得名。程松圓往見不出，作《白練裙》雜劇嘲之。後有洞庭公子，揮霍千金，僅得一沾芳澤。此侯雲士者，何其酷似。

鄔封翁

鄔翁某，少習舉子業，不就，學岐黃，門庭寥落，絕無就診。數口仰給，常不舉火，憂鬱以死。死見冥王，大哭曰：「承大王不棄，超度陽間大難。雖然，好死不如惡活。望大王垂憐，賜還陽。」王曰：「生死可反覆乎？」王新任性慈，命取善惡簿來，檢到翁名下，惟有一條：「凡遇人家請酒，不作第二人到，例得封誥。」王曰：「此人直道可取，非惟准許還陽，且有不腆相贈。」遂啓箱出一卷擲翁曰：「此支封翁票子。」翁視之，乃制藝七篇，默記心頭，感謝而還。恍然夢醒，家人環哭，見翁忽甦，忙收淚曰：「奇極，死去三日，因買棺無措，淹留未殮，今幸重生，豈非窮死而又窮活乎？」

翁素怯弱，自還陽後，精神矍鑠，百倍往常。生意頓興，自朝至於日中昃，不遑暇食。長子某，天性篤愚，十年讀書，兩字不貫。翁以衣食無憂，不令別圖生業，延師拘管而已。既想子弟卜姻，務要近貴，許大身軀，不去觀光場屋，豈不被人指摘，以爲養子不教，儒醫之玷乎？因託捉刀，郡縣有名，比學使將案臨，翁即以冥王所授七藝録示愚子，伺更深人定後，俾熟讀，且抄過數通。如是月餘，居然成誦無訛。入場恰遇第一篇對題，得采芹焉。秋闈三四次不着，俱曳白了事。

翁謂愚子曰：「科名有定，無憂也。但六藝不可抛荒。」愚子唯唯。至某科省試，三藝題目對同，照樣謄交，竟獲領薦，而名次去孫山尚遠。翁喜極，賀捷盈門，多於就診。愚子仍渾渾敦敦，明知孝廉者人，而所以孝廉者非人也，故不敢作倨傲態。

明年禮部試，愚子接卷便寫。同號舉人咸咋舌曰：「真乎假乎？豈有題紙未來，而先完卷乎？」愚子放筆曰：「實不相瞞，弟胸中只有七藝。前四藝已爲四項用去，所剩三藝，弗寫何待？」衆譁然大笑曰：「倘不對奈何？」愚子曰：「有文無題，投時利器，君反笑我，何也？」衆以爲風顛，弗與理，而各歸其號。既而愚子竟中會魁，即用知縣。翁壽八旬，夫婦齊眉，果膺封誥。

夜航主人曰：民之失德，乾餱以愆，酒食相招，疾忙趨赴。《西廂記》云：「秀才們聞道請，似得了將軍令，先是五臟神願隨鞭鐙。」仔細思之，此等人原有一團天趣，必無穢鄙齷齪之念。陰府聰明，彰癉定當，世俗不識也。吳下宴客，鼓餘始齊，有屢請不到，示貴重者，又有到杯盤狼藉候，輿馬臨門，主人倉皇迎接，登堂亂揖，一坐便起，以爲情不容却，撥忙應酬，其實儘閒無事，與細君廚下同咬冷糕角，出來如此裝腔，則又封翁之大罪人也。不識森羅簿內，其名下若何注脚？

卷七

伯仲各别

郡城外有富家子，同胞兄弟兩人，俱能文，爲明經，而性情華樸迥別。仲嘗應試省城，泛畫舫，載名妓；登岸則策馬乘軒，跟隨童僕，意氣自如；寓則粉壁蕭牆，明窗净几，門庭若市，賓客如雲。食前方丈，水陸並進，而且呼盧喝雉，一擲千金，左右膩友，環伺色笑，雖貴公子無是豪奢。臨場一切考具，細自參苓，粗自柴炭，皆美人嬌婢親手安放，故其號「簾卷袋」，鬖鬖乎有脂香髮澤存焉。伯則沙鍋一具，草藾一條，無寓無船，不知夜何棲止。

一日，仲入城拜客，肩輿玻璃，前後從馬數匹，長鬚疊肚，絡繹相隨，岸然直往。到臯橋，遇伯前來，衣衫藍縷，面黃憔瘦，手搿破席，偃蹇難行。前後各下馬站班，仲將出轎。伯曰：「二郎勿拘。」仲曰：「從命。」則徑過也。旁觀大駭，當局習爲常事。

前年臘月，有事過其家，見仲坐暖閣，貂帽狐裘，口呷乳酪，一僕裝烟，一婢捧盤伺候。伯以白綿紗線穿紙邊眼鏡，手攜破衲，向陽捉蝨，自得其樂。父死謝喪，各自爲謝。仲出則白羊裘，白暖轎，僕從皆騎白馬，戴白絨兜，大雪中迷離一隊，斗叟而來，宛然銀海玉龍，天工玉戲，令觀者飄飄乎有出塵之想。伯則將前日捉蝨之破衣衲反著而已。兩人之性情如此，鄰里皆知之，非虛言也。

見心弟曰：相傳吾家光禄公與僉憲公友於甚篤，性情甚異。晚年罷官歸田，一門之内，一則徵歌選色，教習女優，一則尋章摘句，督課子弟。伯仲性情，已屬迥別，要未有如明經伯仲之甚。

想掘藏

姻戚劉宦之僕錢忠，忠子阿海，生而襁襶，圓頤大耳，巨鼻闊口，一團福相。江湖術士相其面，曰：「子必得横財。」阿海利慾薰心，暗想横財從何處得，但聽人説某家掘得一荷花缸，某家掘得一七石缸，某因坍牆發跡，某因穿井起家，阿海聞之，呆想出神，遂刻刻萌徼倖心，想掘藏。

同伴紿之曰：「頃見假山洞中，有一白老鼠溜過，不知何怪。」閱數日，見山洞邊白石鑿鑿，苔蘚無有，泥沙悉净。蓋阿海聞此人語，夜夜潛起，於山之上下左右，處處淘摩搜剔故也。書房方磚下有眢井，阿海疑其中有藏板，起地鋪撬開方磚，掘至幾尺不得，懊惱嘆苦，堆塌滿地，遭主人鞭撻，不顧也。倘有説起某家怪出形景，阿海必津津訪問，冀得投身充僕，乘隙可以發掘。居常無事，斧鑿不離手，挖牆坼壁，窺梁相柱，經過處無不損壞，土工木作，深受其惠。

一日，爲掘藏傷老桂蟠根，花盡零落。主人家一少君曰：「此兒再住，堂室其爲沼乎？」乃逐出之，屋宇清净，得寧居焉。後其母忽踉蹌奔來，向主人額地哀求，曰：「爺救命。阿海因捉蟋蟀，爲人縛住，誣以盜棺，執送衙官究辦。主看老僕面，明白官長，釋此孽障。生生世世，犬馬報恩。」主曰：「我固知其必招禍也。」遂往衙官處雪其冤。母子叩頭感謝。主人曰：「阿海，汝今而後還想掘藏乎？」阿海曰：「小人再不敢妄想。」遂去。蓋惡少素知其有掘藏癖，誑之曰：「昨夜舁棺城脚，並無親戚悲哀，且棺薄勢重，婆娑良久而去，定有蹊蹺。」阿海深信不疑，執斧即往，破其護頭，被人拏住送官，百喙莫辨，非盜棺而何。無主人力，罪將大辟。後業操鏝，出入富貴家，頗能過度。未幾門閭完好，未幾妻孥滿屋。去年新正，遇於大衛街中，居然皂靴頂帽，非復斧鑿隨身之景象矣。顧安知不因斧鑿隨身，而始得皂靴頂帽者乎？「有志者事竟成」，勿謂老生常談而忽之也。

某生構思

先輩董文敏公，有族叔某，家巨富，開絨線鋪於江寧三山街。公素未嘗與緩急。一日，忽就貸數金，蓋公與復社得題，無處構思，早悅秦淮一妓，至是攜金就宿，終夕以指畫其股不休。天明呼婢捧硯，社中七藝俱脫稿矣。吳越間至今爲奇談。

某生極有文名，其腹稿亦必御女而成，否則難成，成亦不精。以後愈甚，膠粘緊湊，文思益密；鬬筍一脫，半字都無。其婦素賢，廣買姬妾，以爲構思地。生著作浩繁，大半於溫柔鄉中得之。故凡遇題目來，群姬爭相推諉，以心無二用，神氣不注，彼自作文，於我何趣，又作此虛行故事耶，各自求去。生窘甚，受人縑金，急於脫稿，無可如何，對婦曰：「甕頭如許，不肯開壜，仍要與君謀也。」故其家雖葉奕書香，閨閤之中，説起「做文章」三字，輒忌諱不堪，亦異聞也。

乾隆辛亥夏，某生過吳，其時總制觀風，有要作《鎮心瓜》七言四十韻，丐生捉刀。生曰：「無構思處。」求者知其癖，引入青樓，挾妓酣飲。更深，攜手入房，卸衣擁寢，求者隔廂彈琴以待。不一闋而生急起，索筆硯，字字鏗鏘，韻脚如土委地，群服其異。從來異才異能，其作用原有大異乎人者。某生構思，直是異中之異耳。

趙巽堂曰：馬上沉吟，厠中默想，昔賢構思，本不擇地。若必魚水和諧，山澤通氣而出之，其爲文章，自然天造地設。

陳生脱袴

寒族最繁，葭莩自茂。有陳生者，族兄秋岑之甥，我亦甥之，生亦舅我也。生少孤苦，饘粥不繼，嫡叔祖某公父子顯秩，以官爲家，或勸之往。生曰：「彼貧於我也，彼不求我足矣，我往何爲？」人咸重之。邑令某公奇其文，首拔之，並妻以女，生殊不樂也。

生豪俠性成，喜賭博，嘗在省城與某公子爲葉子戲，終夜獲千金。公子不服，激之曰：「君誠絶技，詰朝從事，鼷鼠飲河，非丈夫也。」生許之。翌日，公子拉門客數人，皆江湖巨滑，曰：「葉子，姊妹行中戲，請易呼盧局可乎？」生曰惟命。籌馬陸續，不一飯時，攫金無算，所向莫當。公子情急，乃悉索門客纏腰，併力孤注，曰：「劉呂雌雄，全憑此擲。」生執瓊旻謂公子曰：「儘此一擲否？」公子曰：「然。」生大呼一聲曰：「起！」滚盤良久，隻隻緋紅，遂獲全勝。公子愕然曰：「世有陳生敵手乎？我儕不知量也。」拂衣去。生以儻來之物，留之不祥，遍給秦淮花粉，三日罄盡，揚帆直下，瞬息抵家，僅存月餅三枚，承歡老母，可謂孝且廉矣。

過吳門柳巷，遇故人子告匱，生囊澀無一錢，又迫不及待，無可如何，身衣長褵，潛於無人處脱袴付之。此雖急策，然可笑而實可敬焉。

夜航主人曰：予贈陳生詩曰：「竽瑟目空三百輩，摴蒲手博萬千纍。」又曰：「人間美滿陳平占，天下文章阿士當。」皆實録也。脱袴一話，似涉詼諧，實有真情。噫，西華不振，練裙葛帔，何處無之？世鮮孝標，人皆到溉，《絶交書》可勝「廣」乎？幸遇陳生，俾持犢鼻，倘或遇予，並袴無之。

郭十三郎

郭姓行十三，鄙人也。父以糞行發家，貲雄一邑。橫暴鄉里，性穢惡。強作解事，欲附尾文人，又恐輕薄見侮，時存芥蒂。一日持白紙扇，託鄰友轉懇士人書。士人隨手書王漁洋「欲寫陳王舊時恨，唾絨兼仿十三行」一首應之。郭見詩大怒，曰：「此人明明嘲我！曰『陳王』，指我母嫁過陳姓王姓，始來歸我父也。曰『唾』，豈非臭乎？曰『兼仿十三』，指我兄爲按察訪過，兼要訪我十三也。曰『行』，指我行中也。外祖王阿爹，住太湖漁洋村，與我父翁婿不睦，王漁洋即王阿爹也。作詩嘲我，又嫁名王阿爹，欺人太過。此仇何日得報！」裂扇粉碎。自是説着文人，輒怒目切齒。

家益饒足，頗事葺理，插花於瓶，懸琴於壁。同輩過之，曰：「若好房屋，無書畫陪襯，豈不可惜！」郭心怏怏不樂。逾月，有遠來畫工，賣畫度日，價廉而枝不甚薄，爲人謙恭，善於遷就。客薦之於郭。郭深知此輩不學無術，可以挾持，遂曰：「君能畫小照乎？」工曰：「能。」郭遂端坐整容，因顰笑貌，做盡醜態，令其描摹。工携稿去，思此人雖鄙，究系殷實户，枉尋直尺，諒不至是。乃分外添毫，穠纖得中，布景停勻，冀重酬也。畫畢，親送郭。郭視之，置案頭，情意澹漠，一茶辭去，久不酬謝。工情急，謀之原薦，原薦推出。無可奈何，再詣郭。郭曰：「君畫照無題照乎？」工曰：「畫自畫，題自題耳。」郭曰：「如此一舉而兩輸，力薄不能，原璧奉趙。」工窘極，陪笑曰：「我題我題。」持畫去。明日又來，曰：「題矣，請教。」題曰：「相貌堂堂，掛在書房。問是何人，郭十三郎。」郭不置可否，曰：「明日回覆。」工去。明日候至終日不來，又詣郭曰：「不敢屢瀆，稍償顏色可乎？」郭曰：「頃舍弟來，見之曰：『兄不像，弟却有三分。』予曰：『像弟取去，省我潤筆大好。』弟曰：『題定十三郎，我何能據爲己有？』予無辭以對。予思畫不像我，詩偏題我，掗我逼我，我何以堪？」工曰：「猶可爲也。」乃援筆於四句下各添二字，曰：「相貌堂堂無比，掛在書房屋裏，問是何人之照，郭十三郎令弟。」郭無言。工直言索之曰：「至此可以與我哉？」郭冷笑而他顧，曰：「爲十三郎令弟畫照，自當與十三郎令弟索酬。於我絮聒，是誠何心哉！」工曰：「此幅若仍然屬君，可得與我乎？」郭曰：「兄可變弟，弟不能變兄。」工曰：「可變。」又援筆於四句下各添二字，曰：「相貌堂堂無比之容，掛在書房屋裏當中，問是何人之照者哉，郭十三郎令弟之兄。」郭攢眉，口占四句贈之曰：

「畫畫既平常，題詩更累墜。牢牢善索錢，東家之災悔。」命出行者：「挑一擔糞去，隨分作錢幾許，亦不必與計較也。若日遇此輩纏擾，恐不能安坐而食先人之舊德矣。」

姜策駟

鄉裡人姜策駟，性乖巧，喜占便宜。稍有家產，身不肯下田，遇傭人刻薄。略識字，善管開帳。入城鮮衣新履，口舌伶俐，村中之皎皎者。

一日從城中歸，歇涼亭小憇。早有二人在彼，見姜略爲接揖。一老年，一中年，皂衣緊帶，薄底尖靴，款式似大家蒼頭。兩人互相欷歔扼腕。一曰：「事急矣，將若何！」一曰：「顧一面，顧不得兩面。」一曰：「不知那一個福氣。」一曰：「祇好得度且度。」姜以說話之間殊有曖昧不明事，因前問曰：「客來何暮？貴鄉安在？」二人曰：「敝廬尚遠，有事訪親，不覺蹙眉，故此稍歇。」姜曰：「前路蒼茫，且多惡犬，危橋險岸，黑暗難行。不識貴戚去此，尚有多少路。若隔無多，僕應熟悉，願作指南。否則不嫌輶褻，一飯王孫，明日再行，如何？」中年者曰：「萍水相逢，豈好草擾！」老者曰：「路急無君子，過此圖報未晚。」姜曰：「何敢。蝸舍咫尺，引導前行。」因問：「適才光景，兩位得非有心事乎？」老者曰：「僕視君英年厚道，大可相交，造府細談，並有重託。」

未幾至家。姜敬如上賓，命家人殺雞煮酒，殷勤款待。酒半，二客曰：「主人如此情重，吾二人者敢不實告。吾儕於某宦管事多載，主人去歲告病旋里，有義女年屆頃筐，言慚中冓。主欲鬻之，母不忍，命我儕商確，將謀嫁焉。近邊不雅，越境乃免，故不辭跋涉而來。今得遇君，冰人有賴。」姜曰：「敢問若何許嫁？」二客曰：「急何能擇？」姜曰：「清白良民可乎？」二客曰：「君言太有鋒芒。」姜曰：「非敢唐突，究係千金貴人，二尊光賁，如蒙春風照拂，蒹葭可得依玉乎？僕實未有家室也。」二客大喜，相顧曰：「神哉測字也。頃以不得售主，城門口拈一『晟』字。其人曰：『今日即成功。』此刻雖夜，時辰尚屬今日，豈不奇驗！我二人始釋重任。」遂各浮大白。

姜心猿意馬，如曠野獲千金，驚喜並至。酒後大言，誇張富狀，并美才情。老客曰：「大略已知，事不宜遲，候東方一白，我三人即放舟去。老娘眼已望穿。」姜曰：「需費用乎？」中年者曰：「君癡矣。我來尋君，豈需費用？費用今宵之夜膳也。」老者曰：「且住。此番媒合，保花殘玉碎，原爲兩全其美。然在平等人家，得此縉紳嬌女，一顆明珠，頃刻致富。是舉也，我約略算之，除去十年積蓄，及衣飾衣串等物件，而持踵涕泣之時，豈無稍與？父雖無女，母原有女，千畝畬田，現已省去，多不敢許，殿脚之數，可以操券。惟諸女伴相幫搬物下船，宜稍潤色之。君且取番蚨五十枚來，短少與君無干。」姜如命。

比曉，恰遇南風，揚帆直上。客見船頭風順，戲曰：「此所謂五兩御之者也。」一路談笑，竟到彼處，日落西山矣。二客曰：「船泊後河。」果見一高大門樓，儼然富室宦家，早有婢媼探望，曰：「來乎？事將奈何？」曰「有矣」，曰「望煞」。中年者先跳上岸，背指曰：「船中紅帽者即是。」遂有群婢絡繹來窺，匿笑而去。姜裝出許多嬌客貴相。俄有管家婆到船。老者曰：「此項總犒，酌量發與。新貴日後再行賞給。」婆子齎銀睥睨而去。少頃，有嬌婢匆匆來曰：「太太叫毛阿爹上去。」老者急忙奔去。自此人影全無。姜始悟念殃圈套，悔莫可及，黯然返棹而已。

姚暎玉曰：大知若愚，大愚若知。凉亭一聚，覷破機關，繼以清白良民，針鋒相對，田舍奴狡獪哉！乃欲占人便宜，偏爲人占便宜。要知番蚨五十，載喪一程，尋常事也。而翠繞珠圍，田間消受，花容月貌，天外飛來，天地間有此便宜事乎？即曰白璧微瑕，青蠅遭玷，而自維身分，恐此頂綠巾，必爭奪而破碎之也，安能到姜策駟戴哉！甚矣利令知昏，類如是焉。

老饕食飽糞

桐鄉宿二先生，飲食之人也，極喜嘗異味，亦無不得飫者，食指刻刻跳動。其所烹飪，講究獨別，雞不用刀割，并不須湯炮去毛，蓦頭溺殺，塗以爛泥，貯之瓦罐，拾園地野柴煨之。候火候到時，脱去皮毛，囫圇潑潑，一團元氣，謂之滑雞。鹽豉隨意蘸之，易牙莫能及也。尤善啖蛇，無論黃鱔、赤練，烏梢、青梢，用竹刀破之，去其中藏首尾，活火熫化，其鮮無匹。以故蛇見先生遠遠來，即驚竄去，怕其食也。他如胡桃煨狗，膏奪霞天；芥辣调鼊，腴過裙鱉。嘗以爲人不知味，與不聞不見同。著《頤養一指》、《食物大概》、《蠏譜訂訛》等書，津津有味，井井有條，誠有精於袁隨園《食單》者。

某年正月，碧霞觀道士約與看梅花，並邀其煮河豚。辭家人早出，三更席散到家，酩酊不省人事，忽然面色頓變，大喊曰：「難過！」家人着急，以爲必中河豚毒矣，思惟糞清水能解，時值嚴寒瓶涷，滴水无覓，牀上呻吟愈甚，迫不及待，遂以純糞灌之，飽餐始定，胡塗睡去。直至紅旭三竿，簷冰滴瀝，先生脣舌一撩，覺餘味曲包，殊不可耐。家人見其起而有喜色也，以爲幸賴澆灌之力，告以夜來狀。先生忍氣坐牀上曰：「冰鮮市上已斷三日，鯆鯆僅存一對，當厨嫌少，並未買歸。昨夜所食，尋常魚肉而已。天寒過飲，量不能支，未免困頓。汝曹遂信爲中毒耶？」甚矣被虚名而受實累，芬芳齒頰，自取之也。

紫檀煨鰻

予幼多疾病，嗜食，午飯無葷腥，竟不下嚥。家母憂之，曰：「兒若是，將來要煨紫檀耶！」煨紫檀者，八尺鎮敗子故事。

素封杜某，世代典商，傢伙什物，華麗且多。食指浩繁，内外百餘口，又極重食品。人各有所嗜，每買食物，無論粗細，務調和精到始下口，一物不備，脣弗沾焉。冬月，廣買烏背鯽魚，養貯花缸，家人婦女，環而玩其上下游泳，既而烹之，椒葱薑酒絮屑等物，主人必親自檢點。家事一切，置之勿管，坐是中落。

子某，貪饞更甚，煎熬燔炙之外，別具多端。膏腴千畝，盡喪於羹碗中。性既饞，又極懶，揣其意，當椀捻箸，猶以爲勞，直少代之者耳。家産蕩然，無擔石儲，烹熱饘粥，仍不輟也。

有擔鰻鱧來，歇其廳事，問君要鰻否。杜涎其肥活，眈眈目之曰：「無錢奈何！」賣者曰：「無錢物件亦可。」蓋近村一帶，悉知其貪吃，故販賣者爭籠絡之，明知其無錢，冀出物換，利不又加三倍乎？鰻正所以餌杜也。奈杜室如懸磬，一無所有。偶見房內交椅兩座，堆積敗絮焉。杜棄絮於地，掇一椅出，曰：「要否？」賣者故作難色曰：「廓落恐不中用。看君情面，捉四條巨粗去。」肩椅而出。椅乃紫檀木，人欲購之，嫌其無偶，曰：「覓對來，好成交易。」賣者曰：「我其圖之。」明日再擔去見杜，曰：「昨日鰻好乎？」曰：「好。」賣者曰：「今日更好。」杜曰：「今日更無錢。」賣者曰：「今日更以椅換。」杜索然曰：「家無常物，僅存兩椅，一椅當錢換鰻，一椅當柴煨鰻，今日只好立而看鰻。」賣者氣昏曰：「如此懶饞，吾見亦罕。」

夜航主人曰：身也者，父母之遺體也。膏腴千畝，供奉父母遺體，孝莫大焉。守錢虜口不茹葷，踏破菜園子而死，只好博他人大啖，視杜某之所爲，直有知愚賢不肖之别。但必如宿二先生，吃蛇吃鼀，至於無所不吃者，則飲食之人，人又賤之矣。

澄江生

澄江某生，善啖，能兼數人食。一日，往鄉田看稻歸，附舟入城。舟，糞舟也，往則猶虛，生坐艙中。既而天雨無蔽，乃卷曲於平板下。鄉隔城數十里，雨點滴不止，處其中者半日。鄉人備三人歸途晚餐，煮飯四升，及鹽豆升餘，置其下。生撮而啖之盡，船泊竟去。比鄉人欲食，探之則無有矣。意人必不能，今年因稻禾不好，蘭盆未興，酆都諸餓鬼延頸已久，淒風慘雨，因之作祟。中心疑懼，抵家大病。卜之，則曰遊魂纏擾。日日巫覡，宰雞燒紙，病終不痊。

比月餘，復至其處，聞人言藉藉曰：「某於幾月日船中遇鬼，攝其所食，徧禱不效。今且盛爲牲醴，將往城隍司禱告，家且不給矣。」生疑曰：「得毋我耶？」試往尋之，見有事神者，其子在焉，曰：「是矣！」乃直前曰：「向所攝食者，我也。奈何疑鬼耶？」子往報其父。父曰：「鬼也。」生造其牀下，憂畏轉劇，終疑前者之所食，必非人所能爲，堅不可解。生乃悉取禱祀所陳牲牢果食數斗，盡納之腸胃。病者曰：「若此大量，可以退鬼。」遂澳然汗出，霍然病已。昔人杯蛇弓影，必釋其疑以無恐者，良有以也。

緑頭放火

武昌城内有勺亭書院，予叔松間先生掌教其間。某生年甫成童，英才卓犖，洋洋灑灑，頃刻千言，不落凡相，先生最器重之。性跳蕩，善弄巧取樂，猶有童心也。暑月課期，諸生揮汗如雨，各清談搖箑，無心爲文。未幾，黑雲滃起，傾盆一陣，凉颸徐來，夕陽掛樹。諸生先後交藝，各散去，惟跳蕩生一人在。生以衆人皆去，無與聚談，獨卧藤牀，蘧蘧一枕，漏三下矣，遂草草塞責，付與司閽，將歸家焉。

月黑地滑，不便行走，生妙想奇闢，將所吃空西瓜半圓，宛如秋帽，戴頭上，以蠟燭火芊在當頂，既省手力，又叨亮光。遂挾衫履，赤脚直奔。月臺納凉女子望見，大叫曰：「來看怪！」群上臺爭望，果見一赤脚小鬼，緑頭上放紅光，一彗焰焰，往西北方去。女父乃宿儒，聞聲曰：「勿驚怪，此火妖也，一名鬱攸，過必有災。」衆曰：「爲之奈何？」宿儒曰：「無他法，具疏虔禱，輸金禳醮，則猶可及止也。」

閱日，生過西北一帶，香案家家，道場處處。生暗笑之，始終不敢明其事。後其家人白山長聽，故知之。此與澄江生事異而情同也。吳、楚尚鬼，信然。

史松濤曰：攫飯舟中，放火街上，綠頭狎客乎？伸手將軍乎？酸丁變相，淋漓盡致，《笑林廣記》無此異聞。

五聖邪正辨

當湖盧生甫云：五聖根柢，昉於炎宋。有蜘蛛五色，配以五行之精，既死，其精不散，託生西泠民家。同胞五子，俱橫暴不軌，人被其害。仁和令悉杖斃之。化爲厲鬼，地方不靖。久之，郡守請於朝，受封典，立廟於杭，始寧。延及吳郡，亦立祠宇於上方山。

范文正公未第時，讀書靈巖寺，有老人來見，貌頗修整。公曰：「君儀有異，胡爲來哉？」曰：「予上方神之父也。血食於兹，運數幾何，公必知之。」公曰：「貞元一會，大約五百年，能修德則未可量。然蘇郡繁華，恐人淫，神亦從而淫之，如之何？」神遂不見。

湯潛庵撫吴時，神奪士人婦，媚神者相與嫁娶，如婚姻禮，舉國狂惑。又有馬公者，爲神所寵任，祭神者必先禱馬。人心傾向，如有形聲。士人不服，訴於湯公。公震怒，上疏奏聞，毁祠焚像，其神遂滅。捕官漢陽朱英言，燒像時腥穢不堪聞。蓋塑像者以毒蟒置其中，謂有此則其神靈。以是推之，蜘蛛之説，似不爲妄，物蓋從其類也。

自文正到潛庵，正合五百年之數。生甫之説如是。予以貞元一會，文正舉大概言之。若神隨俗淫，欲其修德，故危言聳惕之。夫聰明正直之謂神，精氣爲物，遊魂爲變，奉天時行，豈敢回遹？即曰石言鳥譆，神亦憑以警人，安有所謂淫昏之事乎？人神物魅、蜘蛛之説。物魅，非人神也，但五方各有正位，積久生懈，勢所必然。不力爲釐剔之，區别之，令其日長炎炎，鼠憑社貴，狐假虎威，姑息養奸，亦有應得之誅。世俗不察，遂以五通、五瘟混而同之，誣五聖爲淫邪之神，慣奪民婦。黑白不分，慢神極矣，不可以不辨。

陳姑娘

吴山之麓，太湖之濱，有童謠云：「上方倒，姑娘好。」自湯潛庵除五聖後，踵其爲祟者，則有陳姑娘。

姑姓陳，吳江盧墟人家女子，居處三白蕩邊。有桑中行，爲父所覺，溺女於蕩。一靈不散，作祟無窮。五方惑女，姑娘惑男。少年男子稍有可觀者，過三白蕩，無不覆舟，勾其魂魄與諧合焉。

盛澤覡婦許又瓊者，滑稽婦人也，能關魂致魄，自言陳姑娘其所熟識，肌理細膩，骨肉停勻，明眸善睞，神情若秋水，婑媠中尤物也。時有潘生，韶年豁達，類琅邪王伯輿之爲人。聞瓊言，渴欲一見姑娘。瓊曰：「見不得生。」生曰：「爲美人死，亦復何憾！」瓊曰：「是極易耳。郎君容貌，彼早晚定來求見，而況乎其自獻也！」生喜，一棹竟往三白蕩。瓊以生言謔浪，不料其毅然長往也，買小舟追之。抵蕩口，見生俯視蒼茫，扣舷宛轉。瓊曰：「君其信以爲真耶？」生曰：「卿何誑我之甚！」瓊急忙過舟耳語曰：「此鄉不可以久留。」強之返棹歸。

他日知其事者，大奇曰：「豈有陳姑不見潘郎，意郎君必大貴人也。」瓊亦疑之。後瓊關魂江上，見陳姑娘，徐問及曰：「潘郎清潤，玉不如也，姑何不納？」姑曰：「此生薄福，薄福者薄倖，有初鮮終，皆此一流人爲之。儂不爲其所賣，故虛邀焉。」

生至今廣文一席而已。

河陽鬢老，何處栽花，洵乎越頭吳尾，人皆薄福，其稍厚者，早被姑娘納盡。予嘗有《過三白蕩詩》云：「秋水蒹葭一棹輕，浪花無恙渺傾城。自憐不帶今生福，雨雨風風弗大驚。」「弗大驚」三字，盧墟人聲口。詩指潘生。大抵姑娘所目成者，大則狀元宰相，小亦不失城南韋、杜諸郎君。若論我輩，見且猶不可得，况得而婿之乎？甚矣，前身定是浪子，幾時修到姑夫！

總管續娶

汴城總管司，神靈顯赫，香烟繚繞，祈籤問筊者踵相接、肩相摩也。有開糰子店老夫婦二人，率女入廟燒香。歸家，女忽大病。其家不信醫而信卜，翁忙奔入廟。廟祝向翁曰：「恭喜！」翁以無妄之疾，勿藥有喜，祝有先見之明，遂曰：「小女無傷耶？」祝曰：「此喜非病癒之喜，病癒又安得喜？君且不用跪，折倒丈人峰矣。」翁請直言。祝曰：「神久仰德門，求君淑女，用續鸞膠，吉蠲某日，奉團書到府，並傳已故媒婆謝娘，居中説合。君處陽間，亦不可少一媒人，以便禮數。」翁還，見女在牀上作謝娘娘語曰：「爹恭喜。」翁曰：「何喜？」女曰：「女爲命婦，爹亦封翁，云何不喜？神命老娘來通報，明日纏紅，某日發轎，彼處素知爹極喜省儉，不必多辦嫁裝，且前氏夫人奩具豐腆，一切粗細器具，元端未動，無益之費，彼此不必。唯是我爲陰間男家媒，汝在陽間，必尋一女家媒，陰陽一體，媒妁成雙，勿嫌老娘說話婆子氣。」女父母曰：「謝娘娘極是。」

適有老貢生過女家，翁素識之，以其爲人誠實不欺，遂請吃素糰子四個，央作冰人，並令書允帖曰：「治忝眷某郡某姓名端肅頓首拜。」焚之寶鼎。屆期，女家完修，到時刻，但覺靈風一陣，異香滿室，女含笑而逝。三朝，神自到店。彌月，翁自詣廟，禮數與陽間無二，較省浄耳。

神極愛親，内家葭莩，更分外殷勤，終歲結帳，倘有恃強硬賒、拖欠糰子錢不還者，赴廟通訴，欠者即頭痛身熱，清結始愈。故人不敢侮，懼有東床神力耳。歲晚無事，神封篆，翁造廟。廟祝請書房坐。少頃，靴聲橐橐，環韻珊珊，約略可聽。玉潤冰清，過於外黃布袋遠矣。

若敬弟曰：半子空言，女生向外，佳客乘龍乎？不過爲賠錢貨虛張聲勢而已，於老人無益也。王貽上《蝪蟣靈澤夫人祠》云：「都將家國無窮恨，分付潯陽上下湖。」端的有情之論也。神道設教，首重倫常，王之爪牙，必不撾婦翁身上。

滑弟

船埸巷殷三官，父母俱故，遊手好閒。家雖小康，年少不知稼穡艱難，花費數年，僅存赤身，遂爲洋貨店幫夥。夜宿樓上，聽壁厨内花瓶背後，琤琤有聲。疑爲鼠，連叱之，其聲不改，遂起燭之。見一滑煖包，如針工之彈線袋狀，長四五寸，着手趯趯然，搦之愈緊，動之愈勁。殷異之，明日以示人，多不識。

殷固好事者，袖之到孽絮樓，尋才子問之。時才子無一在樓，溫香問何事。殷曰：「適得一物，欽其寶，莫能名其器，敢質諸博物君子。」溫香顧而聽然曰：「此名滑弟，出雲南緬甸國黄花城南去三千里萬山中，鳥精也。其鳥最淫，終年交合不歇，流精無度，耗竭而死。精膠粘樹木上，絕類螳蜋子，一并取以爲末，遇人有風疾及麻木不仁等症，破肌滲入，竄遍周身全愈。此物着肉，便翕翕然動不止。然得之樹皮，猶其次也。最上者，土人捉得雄鳥，遍室置鏡，鳥顧影以爲偶也，汩汩滴精，以金葉盛之，兜作鈴式，藏於僞形中，遇竅直鑽，深入顯出，其樂有難言者。此閨闥秘器，不識君於何處得來？」殷實告之。溫香曰：「魚玄機詩云：『易求無價樹，難得有情郎。』無價樹，即此物也，君其珍藏之。」殷諾而出。後爲一媒婆以九十換兑去。

黄順堂曰：此即世所傳緬陽鈴也。人家奩贈中有備之，以爲不時之需。《説鈴》中亦有是説，謂之「鵲不停」。

嗜酒不近婦人

人稟陽氣重者喜飲，稟陰氣重者躭色。終日昏昏，瞢騰睡去，不知卧榻之旁，有人無人也。「淫薪」之説，皮毛之論耳。究之天地絪緼之真氣，非胡酡能爲辨者，世俗不察，竟以腐腸狂藥與伐性斧斤，若華萼相跗然，何未思之深哉！試看百草甲坼始生，若錐者皆能釀酒，若丫者不能釀酒。昔少昊氏不才子曰伯北，性嗜酒，死化爲蝗神，若錐者皆食，丫者不食，嗜酒不近婦人之的驗也。至於婦人嗜酒，必兼喜食若錐者。

婦鈎賊褲

江城外南斗村，施翁夫婦，膝下缺如，而相對怡然，蒔花釣水，晚景自娱。一夕月白風清，兩人持螯對菊，歡飲良久，漏三下始寢。梁上君子，候已心煩。翁知之，故意謂婦曰：「我家無長物，牀下甏内，惟白米二斗，設有偷兒至，赤手空空，將作陶家運甓負之而趨乎？抑歸家請布袋來乎？抑空過乎？」婦笑曰：「老奴知短，惡能作賊？脱其下衣，綰其兩管，貯米襠中，豈不便捷？」賊聞此計良得。頃之，聞帳中互作呼吸聲，挨身直詣牀下，脱却布袴，蛇行牀底。老夫婦實未成睡，婦輕以蓮尖鈎袴而上。偷兒持甏出，摸索失袴，大喊捉賊，竟忘乎己之爲賊也者。迨牀上狂笑，始竄去。

葉梅嶺曰：賊乖，翁夫婦更乖。然取米是偷，鈎袴是攘。循名，則不得恕賊，核實，愈不得恕翁夫婦也。我聞巧之所在，即師之所在，無論男女貴賤也。王羲之嘗師事衛夫人矣。賊果有心，何不即以布褲爲贄，北面再拜牀下，雖白鳥鶴鶴，豈不堂堂乎從門牆中出來哉！

西洋標簪

西洋葱嶺一帶，風俗淫蕩，女閭甚夥。婦女炫鬻，皆有插戴記色。有曰「益丈親」，言於丈夫之外欲有所益而親之也。又有釵，不滿三寸，拳曲鬢旁，曰「肯簪」，亦點頭許肯意也。

比年來，洋女廉恥益喪，竟造所謂「平量尺」者，度諸内而出諸外。如北路上豪爽飲酒，競用酒籌，容一斤量，取一斤籌，容十斤量，取十斤籌，底裏淺深，和盤托出，無低昂上下欺弊。倘同伴者戲之，潛易其尺，比交易時參差不符，謂之「虚頭」，言頭上不實也，門前鞍馬，漸漸冷落矣。故平量尺在娘行中，刻刻心頭，恐有貽誤，不成交易。洋客某素黠，袖之歸，廣贈都知録事，曰：「是爲『標簪』，插之令人標致。」由是婦女之欲標致者，無不插標簪矣。

郁瓢人曰：欺人哉，洋俗之造端也，天下豈有平量之交易哉！長不能截指適履，短不能伸頭凑帽，卒不聞有免冠徒跣，作庶人之怒者。讀張介賓《宜麟策》十二條，知交易之難，即平量之難也。若必平量而成交易，君子謂之不成人。

卷八

無無生

閩省名宿，姓全名白，上下千古，一舉而空之，曰：「犬羊虎豹，以文章別之耳。自我思之，不如一鞹爲藏拙。」故平生目他人文無一字，而已亦不肯留一字於人，人號之曰「無無生」。甫出母胎，即識一「無」字，比白居易只少一「之」字，故自號「半香山人」。

自幼讀書，一目十行，四書五經外，塾師授以《莊》、《騷》、《史》、《漢》，及韓、柳、歐、蘇文，生不樂誦，以爲紙上陳言，味同嚼蠟，不如不讀爲高。比握管爲文，眼高手疎，窘於邊幅，偶然脱稿，便欲懸國門。未幾得科第，文思愈巉，文名愈譟，而文品愈貴。始一藝猶有三四百字，繼僅二三百，最後竟不見一字。其議論曰：「天貴無，地貴無，日月貴無。上天之載，無聲無臭，至矣。學者所造，亦求乎其至耳。至必歸到無無，非空門之無也。我所謂無者，原以極不無而造到極無一境。若空空曰無，非真無也。然空空之不真無，猶勝於庸庸不真有也。」於是游其門者，悉以全白真無之一法，奉爲天龍一指。

生家堂室對聯軸掛，純以白紙裱作空款段，不着半點筆墨。問其故，曰：「天地間皆有好處可尋，獨筆墨一門，尋不出好處。無好處而在眼前者，謂之贅瘤，塗鴉畫狗，何所取諸？」大僚慕其名，招之，試以帖括，自辰牌至漏盡，卒無一字。曳白呈上，大僚歎絕曰：「不着一字，盡得風流。名下其有虛士耶！」留以課其子。

閱日，師他出。主人到塾，見案頭無筆墨。問其子曰：「兒作文乎？」曰：「作文。」曰：「作文何無文具？」其子曰：「先生教兒不用，日有所得，可於空中做手勢書寫。當初殷浩如是。」問：「何以不用筆墨書？」其子曰：「著色相便難堪。」其父曰：「然則有腹稿乎？」其子曰：「腹可以稿，筆亦可以稿，沌沌泲泲，自與天地同流。」父大喜曰：「聽兒談論，真名師全白的派也。」

既而鄉會兩捷，皆用李龍眠白描、歐陽永叔白戰法得之。全白之教，神通廣大矣。全白之子某，獨違父訓，頗不藏拙。雖當事者以父有文名，欲格外照之，無如其不可以訓也，卒隨諸生潦倒以終。

夜航主人曰：盜來之名，盜來之利，一也。自我盜之，自我享之，再欲傳之子孫，恐天不容以久僞。

土地反目

陰司考察，不拘年例，隨時升降。某土地素清鯁，不合都城隍，罣誤罷仕。家居賦閒，寥寥寡聞。歲將除夕，鄰鬼多依邪神爲祟，牲牢財帛，虛往實歸，闔家歡笑，熱鬧之極。某土地卒歲無資，腐餐莫給，相形之下，有難爲情者。神婦作詩諷之曰：「北陸春回歲又殘，藺袍補煞未驅寒。鈐山冰雪長如此，何日青詞再起官。」神見詩大怒，曰：「婦人事夫，不過望夫爲忠臣孝子。目前窮達，何屑介懷！奈何君不自好，欲我爲嚴嵩耶？我不能青詞獻媚，累君永無出頭日子。請從此逝。」婦含淚歸母家。

後冥府政淆，酆都司巡闕中，蝕賑米三萬。北郭總理癉惡司，誤入不察。奈何橋頭圮，支庫不修。神怒髮衝冠，抗疏直陳，極言時務貴用人，用人貴釐剔。不揣冒犯，痛指利弊。王以該廢員語有經濟，着即以原官用，半年陞調都城山川壇土地，旋署某縣城隍，明年陞授巡河司正主簿。是年值張桓侯巡科場事，凡有科目者，例考協辦，神與焉。積弊肅清，神力居多。桓侯大喜，稱爲心地光明，宵小斂跡。引見三清殿，改修文郎檢校司，未幾放都城隍。即當日爲所詈誤之缺也。有俸錢三萬，悉以給鄉鄰之窮餓者。既思十載糟糠，一詩芥蔕，遂致脱輿反目，團扇悲秋，終非情理。即命魚軒，往東岳山門，迓夫人至署。先令謝復官誥，然後相見。

神曰：「烏紗白髮，短不勝簪，雖三章諫草，事殊一道青詞，而案牘勞形，再欲如向日之冰雪鈐山而不可得。」婦曰：「雷霆雨露，均荷穹蒼，但分宜醜態，已屆桑榆，青詞弄筆，儒臣常技，豈爾時逆知後日事耶？不然，歐陽亦有心人也。夫不爲忠臣，妾甘爲棄婦。胡不於是時求去耶？君殆不思之甚也。終風且暴，顧我之期，竊所未料。」神長揖謝過，遂爲伉儷如初。

夜航主人曰：天寒日暮，卒歲無衣，貧賤夫婦，於此有難爲懷者。乃閨中婉諷，逢彼之怒，一點丹心，豈同兒戲乎！夫爲鐵漢，婦亦解人，倫常無憾，風雅何慚。

汪生入天台

越溪汪生，性流逸。每遇春光駘蕩時，不肯住屋，尋花問柳，日日閒行，頗涉遐想。年二十尚未合巹。嘗自言曰：「劉、阮天台，事非荒誕。仙家自在人間，凡骨尋不到耳。『天下豈有神仙』，可以欺腐儒，不可欺我輩。」以故九十日之內，家人上下，無不防之，以爲郎君菜花癡將發作焉。

一日掃墓畢，生囑家人先返，己閒步村落，桃花臨水，彴略横斜，樂而忘返。溪行六七里，見緑籬數折，白板雙扉，中有女郎，雲霧爲裳，神情若水，手執碧桃花，向生屢盼，若有目成之意。生直前之，女掩扉入，隨有猧兒茸茸而來，爪其扉，女内作嬌詈曰：「風大，舍賓勿由，乃公然剝啄耶？」生曰：「桃源仙犬，何福修來。夜深小影，勿勞尊口。」

生於是神思如迷，挨磨半晌，夕陽在山，乃於村之前後，徜徉延佇。覺水暗花明，蒼茫鄉墅，爨烟徐起，漁火微流。久之玉兔東升，人聲漸息，生始優遊到籬落邊。金魚雙闔，瑶草一階，但聞花香馤馤、水流濺濺而已。遂繞籬行去，藤刺勾衣，樹根礙足，跋涉之苦，不敢辭憚。粉墻靠後，果有竇焉。生視竇如獲至寶，幸身材瘦小，斂躬鑽入，恰能度過。舉頭乃一園地，遥望蠡殼窗前，熒熒燈火，知人家住室。不識女郎去此，尚隔幾許。生不管疑忌，亂搖紫荆花樹，冰鈴擊響，一片丁東。有珊珊而來者，即弄花女郎也，曰：「尾生來乎？何晏也。」生喜不自勝，曰：「卿家情竇，門户幽深，兼之花暗迷人，茫無尋處。」女攜生手曰：「天台尚在前路，妾導君去。」生覺滿目迷離，置身澒洞，所經樓臺廊閣，無非水氣空濛，暗想「春來遍是桃花水，不辨仙源何處尋」，摩詰清吟，於此益信。

既而踐闥天井，兩旁碧草可愛。生問是何花卉。女曰：「青精也，餐飯即胡麻。」生乃恍然悟仙境已到。女曰：「草草留郎，紅塵已墮，萬望守口如瓶，否則自薦之恥，人其謂我何！」生感之。見水晶簾颺，雲母屏深，恍惚荇藻繽紛，魚龍出没，驟聞羶氣，沁人心裔。生曰：「是何香氣？」女曰：「青麟髓也，嗅之令人脱凡。」生興益狂，情不自禁，摟女曰：「春宵苦短，奈何！」女略拒之，曰：「狂郎少安，毋使尨也吠。」於是含笑解襦，卸下湘裙，輕兜蓮瓣，金鈎一響，紅幕雙垂。生騰身直上曰：「原有到天台日乎！」

語未畢，衆大呼曰：「救！救！」生曰：「好！好！」衆曰：「爾何人尋此短見？」生曰：「卿快來成此好事。」衆知其遇魅，爭唾之，挈其登船。時已深更，生昏迷不醒。衆俟其稍甦，詰之。始知小遊仙而誤入桃源者也，乃送之歸。其家厚贈客船，扃生不許再出遊焉。

夜航主人曰：着魔者魔即來，至誠感神之意也。眼前香飯，鼻觀青麟，現成領略矣，天下還不有神仙哉！假令野渡無人，得諧魚水，將桃花潭口，千尺深情，汪倫美好，寧止春風一度耶？惜乎其來尚早也。

蕩因緣

句容小剃頭周星官之父某，中年喪妻，頗欲求偶。晚過盤門外曠野，内逼如厠。路過穿素婦人，稍帶姿致。周故暴露其具。婦秋波注射，周佯爲不睬。婦過而復回，覆視其器，器愈驕悍。如是者三，周曳帶徐起，心想婦必文君新寡，故饞涎而三咽我也。以彼涸鮒，配我窮鰥，豈不湊巧？徑前踪跡之。婦去不多路，緩步尾之，玩其後態。

天已薄暮，行至一村，絕流斷岸，人影全無。婦嬌步如故，香頸不回。周超前作一交臂曰：「我喪妻，卿喪夫，適蒙三顧，敢以承乏，斷不辱命。」婦微笑曰：「君知我喪夫乎？天下服制，非專服夫主一人，何師心自用乃爾！」周本粗鹵，作涎臉相對曰：「我不知爾夫之喪與不喪，但看貨即是要貨。」遽摟抱之。婦曰：「野合，禽獸行也。若有言說，敝廬轉角即是。」周欣然從之。

至則古屋三楹，器皿略備。婦曰：「暮夜無知，適來嘉客，邂逅相遇，天假之緣，但不識君之鼓盆，真乎未也？」周指天誓：「有不實者如是柱。」婦大喜。周情焰如焚，擁之上炕，婦下衣久已鬆結，趁勢一卸，駕輕就熟。婦贊之曰：「昂藏大器，并善安排，可稱有用材。雖然，本領固佳，作法太舊。妾居常行事，最喜翻新，可與君一試乎？」周曰：「憑君花樣，能者不難。」婦於箱内出繩索，懸周梁上，若蕩鞦韆狀，又反拴其手足。周曰：「此何爲者？」婦曰：「此爲蕩因緣，勢甚猛鋭。懸蕩中間，如梭一擲，魂飛天際矣。秘戲場中，第一痛快之局。」周曰：「如此極好。」婦曰：「我誠顛倒善忘，此局非三人不能辦，蓋我蕩君，君安能再蕩我？我去喚紅姨來。紅姨我心腹，與妾同入局中，君餘勇可賈，略潤澤之，定覺饜足，不比妾之滄海難爲也。」扃周而出。

周蕩良久，不見婦來，形體憊懶，又不能自解。情急籲救，四無人聲。五更天晚，性命危險，喉嚨喑啞，拼命再喊。遠遠有人過橋，聽有聲從寄棺屋中出者，異之，推門見梁上蕩一赤身漢，奄奄垂斃，忙解下，幸未絕命。因謂周曰：「君必中鬼套矣。此地有蕩鬼惑人，衣服隨時改換。遇有孤男可啖，勾至一室，盡情侮弄，甚至有喪軀無着者。君許大年紀，想必有不老成處，致命懸於呼吸。危乎殆哉！」周謝其人，懊惱穿褲而去。

鄒嶧山曰：野田草露，苟且成事，禽獸所爲也。人情多樂聽之，則亦未必不樂試之。但圍邊窺器，櫬次留歡，又桑濮中之最下流者。無論人謀鬼謀，其所侮弄，皆其所自取。玩「蕩因緣」三字，鬼其現身說法爲蕩子戒哉！

海參笑話

去年六月，平陽金玉符、楊荔香及隴西昆季，並予五人，觀荷小飲於衡山別業之四宜軒。第一品芥辣拌海參，荔香獨不食。衆問非齋非忌，何故不食。楊曰：「説要笑。諸君放箸後説未遲。」衆忙啖之且盡，請説笑話。

楊曰：「昔予宰南海時，富翁某將治具宴客。有馬二者，性極狡猾而貪鄙，能烹飪。有薦之翁家，令其佐庖。粤俗舊例，筵席將終，庖人出叩主人，謂之『告徹』。馬將叩翁，翁扶之，誤落其帽，見頭上兜花豬肉一片。主人叱之，馬再叩，腦背後囊出甘蔗一掘。僕衆唆主曰：『此偷兒也，宜懲之以警後來。』爭詬罵之。馬老羞變怒曰：『我儕堂堂膳夫，不過刀匕是供，並非爲人廝養。若靠爾家主勢要，壓陷平民耶！而家主較我不過多有幾貫臭蚨，究不便把持我，而謂我畏爾等蘿蔔乎！』衆以牽連家主，狐假虎威，揮拳亂毆，狼藉滿地，魚肉蔬果，皆馬袖中胸中所遺落。馬撒潑叫喊，藉此要詐主人翁。翁聽其去。馬徑赴縣堂來譟。予恰坐堂，馬匍匐膝行前跽，作膚受之愬曰：『某恃富欺貧，縱僕藐法。小人司厨，非其養僕，乃以燒菜不佳，叱衆攢毆。土豪不軌，法紀有干。望爺驗傷提究。』予曰：『據爾説燒菜不佳，何至叱衆攢毆？明系圖詐！』喝杖二十。隸撤下袪下衣，露出雪白臀肉，且豐厚有餘，予心竊怪之。一杖甫下，聲甚膚廓。隸曰：『稟爺，臀著假。』予走下驗之，見臀上包滿蒸餅皮子。予始知竊物敗露，反來叫喊。如此奸刁，且褻瀆五穀，命揭淨重責。兩隸如剝蕉抽繭，揭去無數重羅細麪，真臀才出。隸亦恨其狡猾，遂以大毛板狠力一擊。忽一陣異臭，臀中迸出幾許小黑條，直濺案上。視之，皆密刺海參也。滿堂掩笑且掩鼻，滿杖放去。予自是暨家眷等都不吃此物，恐來路未必香竄也。」

薛蘋洲曰：佐饔者嘗，佐鬭者傷。有傷有嘗，可以扯直得過矣。務必以白麫蒸豚，呈獻官長，卒之海物錯出，遺臭滿堂，小人不知饜足故耳。

採菱得婿

南蕩多種菱，秋七八月，人競採之，婦女居多。採之之法，泊小船於蕩口，用一小缸，婦女箕踞其上，擎轉菱索，纖手亂摘，擁滿腰胯下，卸菱於舠，再以空缸去採。女伴相逢，歌聲嫋嫋，響遏湖雲，誠水鄉之清趣，吳越之樂事也。

有村女子年已及笄，聰慧有德，母早歿，父訓蒙於家，命女採菱蕩口。女爲菱角傷其下體，臃腫不堪，懼羞忍耐，漸至劇重。延女醫，治之罔效。父甚憂之。商之名醫，云要略見一斑，才好下藥。女知之，告父曰：「壽夭天數，出醜就醫，兒寧死不爲。」父惟惆悵而已。里中有葛生，談言微中，東方、淳于之流，聞知其事，造翁曰：「僕有妙方，特來奉贈。小甥陳生，年少能文，兼通内外醫理，少失怙恃，尚未聘室。僕爲翁計，莫若先贅生於室，然後調理，豈不因一痛而得快婿乎？」翁允之。三日成禮而痛定矣。

同人爲賦催妝詩曰：「一曲清腔柳浪隈，溫家不用玉爲臺。而今菱角休嫌刺，巧度鴛鴦引線來。」「菱塘南去水雲迷，鸂鶒鶒鶒翼並齊。黽勉同心無下體，個儂家住采葑溪。」「河鼓沉沉漏點頻，菱花含笑詎含顰。乘龍嬌客顔如玉，不用靈丹也活人。」詩甚多，不暇悉録。其事實令人解頤。

夜航主人曰：小姑居處，渾似青溪；菱角生來，竟同紅葉。從來燕侶鶯儔，定是神針佛灸。《易》曰：「損其疾，遄有喜。」又曰：「匪寇婚媾。」采菱女之占歟？

龜咬中狀元

淮東林八山，豪爽無比。戊午江南省試，與其門客詹某，寓淮清橋畔。林夜夢與詹在後湖閒玩，忽有緑毛巨龜，蹣跚而來。林將捉之，龜張口咬林手指幾斷，負痛而醒。林述主人聽，不識主何休咎。主曰：「是不用占，來科大魁天下而已。」吳俗有「龜咬中狀元」之説，林亦洋洋得意，今而後不作第二人想。

傍晚自某衙署歸，喚清音侑觴，詹旁坐按板。酒數巡，林覺面酣耳熱，遂起曰：「按節清歌，不出頭巾生活。蔗竿現在，敢不與君等略交手臂耶？」持棗木棍狂舞。千夫長郭某，被三中其臂，林乃砉然大笑曰：「將軍下馬矣。」

時譙樓二鼓，林趁興與詹赴妓樓。幫閒者恐醉漢煞風景，先後避去。林厲聲曰：「蘆棚土炕中，尚有二三苦瓜應酬，若大河房，鬼影都無，還叫門户耶！」遂碎玻璃燈數盞，孔雀屏一座，嘔唾狼藉，污壞洋毯錦褥無數。鴇兒大窘，忙叩求息怒。林不聽，曰：「必以小寶陪飲，饒汝。不然定要打個落花流水。」鴇兒連諾，即喚肩輿去。

頃刻小寶至。鬟髮明眸，斂衽叩首。林扶起大喜，添酒回燈，命唱《陽關三疊》。天風飄忽，音繞畫梁，晨雞三唱矣。纏頭十倍，氣焰勝人，當時蕭胄不是過焉。歸寓謂主人曰：「夢驗矣，擇日游街可乎？」小寶在曲中有「狀元」之號，林得中之，不先有夢兆乎？平康聲價，貴重如此。

夜航主人曰：小寶之姑爲謝澹雲，風姿綽約，媚於語言。己亥秋，予曾識之於陳留別墅。同人拈鬮陪席，澹雲獲第一。厭厭夜飲，稱樂事焉。戊午遇之，年已老矣。今昔感懷，風流雲散，得絶句云：「紅袖藏來第一鬮，謝娘高閣月當頭。桂花香繞陳留榻，觸撥閒情十九秋。」澹雲見詩，曰：「妾是澹雲，君前生畢竟是澹心。今夕之遇，可謂澹澹相交矣。」其語可思。

紅豆詞

三韓貢生某，少時頭角嶄然，文不加點，人爭欲妻之。比年十八，娶婦端好，奩贈豐腆。婦性駁劣，伉儷之間，一語不合，輒喧鬨無已。以故脱輻之占，其家常事。

婦有婢，名紅豆，容亦楚楚，而性格溫存。生絕憐愛之，屢屢挑動。婢心如堅石。婦於婢刻不離旁，恐有所染。婦蓋悍且妒者。

一日，婦歸母家，其妹稱讚姊烟筒式樣苗條可愛。婦曰：「妹若見愛，姊家中還有一枝，較此益好。」少頃，喚紅豆歸家去取烟筒，並採簷蔔花來插戴，遲延則夏楚不宥。紅豆匆匆向房内取烟筒，回身到書房折花。生以朵雲隨手，將欲染之。紅窘極。生曰：「目前無拘管也，請草草從事。」強拉之。紅侃侃而談曰：「婢妾尋常事耳，但乾剛必坤順方好。倘逼於一時，摧殘於後日，開其禍端者，明神鑒之。」生指天誓日，甘言再三。紅豆度不能掙脱，強從之。自此乘間修好，殢雨尤雲，漸爲婦所覺。婢羞惶無地，凌虐不堪，竟死於非命。

生形神惘惘，惟有暗中灑淚而已。嗣後入闈輒病，恍惚有所見。中年志氣灰頹，了無生色，未幾挨貢，家業大落。欲爲人師，冀得修脯，自惟文思艱澀，恐不勝任，不敢抗顔，坐此益困。遲之又久，得選某縣訓導，已覺老境不堪，幸末路生涯，可得糊口，遂詣上臺。例先考藝，後給憑，生甫接卷，忽心煩意亂，俄而陰風一陣，文思驟通，即信筆直書《如夢令》一曲，云：「八字眉兒微皺，心字香兒參透。窗外月空明，那有人兒咳嗽。紅豆紅豆，不信守宮依舊。」上臺見卷，憮然曰：「異哉，神明可畏！少年傷陰騭，老大始昭彰。請回府關門思過，秉鐸之任，委員代庖。」生歸家未久，悒悒窮餓而死。

朱舟庵曰：長柄短犢，晉人清話耳，究之性命不可兒戲也。天下少年能文、老年窮餓者，吾知其胸中鈔得出一集《如夢令》。

脱換司

輪回之説，自古有之。畜生歷幾劫可轉到人身，人身歷幾劫竟墮入畜生。岳廟汪法師善言冥中事。渠言人生亦大難事。如果真修，一直到彼岸，往浄土，然此絕無僅有。若爲神靈享血食，則有之。以言泛泛孤魂，飄渺無着，浮沉於受生司候投胎者，如恒河沙數，三年無過，不作邪作祟，方准投人身。又需往脱換司打幹。脱换司者，主管一切脱胎換骨事。人生靈蠢妍媸及善惡邪正等類，皆系投胎時所猝辦者。其中所售，最貴心腸。一副真人心腸，買者先要根氣，有根氣然後論價，無根氣不准買。若真假參半者，價已不廉。然要買到此貨者，非迂闊之鬼，即富而好禮之鬼。蓋奉命投人身，例有一副統套人身，給予於本鬼，毫無需索。若要精益求精，自備器具，亦聽憑之。然外貨易銷，内貨難賣，一則價廉值得，一則價貴不值得也。夫面目在外，人皆見，心腸在内，人不見。面目不好，人皆厭，心腸不好，不惟人不厭，而且阿其好者不知其不好也。有人之面目，何妨狼狗其心腸哉！

司前物件掛滿，絕類陽間生肉店，獅子鼻，河豚口，鳳凰眼，龍腰虎背，燕頷鶴頸，憑人擇取。常有以贋充真、臨時掣換等弊，故買亦綦難。惟本來面目，則不用另買，隨人心腸。倘成交一副真人心腸，自安放一具本來面目，著爲令典，千古不易。至於驢馬具，最貴，脱換司不藏此貨，要於十王殿后曖昧衖中去買。其價雖不及真人心腸，亦不在真假參半下。縱有殷實鬼，買其一，恐不能買其二，故有人心腸者，必不得驢馬具，得驢馬具者，必無有人心腸也。陰府艱難，投胎拮据，大略可見。

王望雲曰：我若做冥官，連夜草奏，除去脱换司。凡投人身者，於官給統套面目時，即並給真人心腸，毋許混雜他物其中。如此，則無論陰陽，都成真世界、真種子。有不人人無不真，有不鬼鬼無不真，豈非燮理之快事，全天真之爛漫哉！

王遜堂曰：兄論良是。正恐盡帶真心腸來，脱换司一空，酆都城真滿矣。夷、齊首陽，梁武臺城，一真字所誤。真字最難，即令冥王自剖出來，且未必能自信，安能給人，且遍給人耶！

鬼冒花神

眉生叔云：吾邑嚮有秦生者，美才早逝。年十七八，小試鹿城，候學使發落。寓中無事，屢往花神廟遊玩，見第幾座垂髫女子手拈海棠，傞俹可愛，心竊慕之，遂脱手上戒指，繫女指上，繾綣而去。

是夕，生夢麗人冉冉而至，曰：「妾第幾座花神，西蜀趙解愁也。母夢吞海棠生妾，大羅主以早有根蒂，命司是花。感君雅貺，願託喬木。」生遂擁之，女略拒。見指上黃金如故，生喜極，曰：「名友相逢，神仙下降，未燒銀燭，殊負紅妝。夜深矣，請睡去。」遂與狎褻。嫩蕊嬌香，亂紅如雨，生甚憐惜之。鐘鳴辭去。

生歸家，女仍至，或兩三夕，或四五夕，必一來焉。來則翻書閱稿，清言綺麗，不愧名友之目。偶見生寓樓《寒食詩》一聯，云「雲陰鬼哭梨花塚，雨暗人吟山市樓」，不覺黯然淚下。問悲何自起，女曰：「眼前冷況，被君寫得分外淒涼。筆墨動人，自然之理也。雖然，山抹微雲，太虛名句，海橋題柱，學士風流，何一脈相沿而蕭索至此。妾非勸君爲酒肉貴人也，但韶年筆端，還宜帶三分熱氣。芻蕘之獻，未識中君聽否？」生唯唯。

後生神思益憊，骨瘦於豺。家人知之，乃往崑山禱告花神廟，並言得病之媒，盡情哀訴，乞全生命。女果屏跡不至，而生病愈劇。一夕，恍惚過森羅殿前，門首見有風鬟塵鬢，碎玉零香，鬼卒環繞，鎖一女囚於階墀上。諦視之，即海棠神也。生直前不顧，抱持大慟，問何罪至此。女哭失聲，且泣且愧曰：「實告君，妾非海棠神也。妾故縣丞某女，年十五卒，厝於馬鞍山麓，年年寒食，飄落孤魂。君詩『雲陰』一聯，分明爲妾寫照。曩見之，所以悲從中來也。妾因鄰近得交海棠神，往來情密，君於某日以戒指繫神指，神因告妾曰：『此生情重，君善事之。得生人氣，可冀還魂，如杜麗娘故事，豈不又成佳話？』即以戒指與妾，俾妾冒花神而就君也。不想君家告廟，諸神恥之，乃牒於判官，以爲淫奔假冒，污玷香名，致罹荼毒。」生曰：「若何解得？」女曰：「此事須君友王某，向嫦娥緩頰。此人清貴，神無不聽。」生醒，白家人，家人以荒唐不信。未幾生卒。後王果貴，位至三品，豈冥冥中早定之歟？

夜航主人曰：「雲陰」一聯，作者已無生氣，閱者自懷鬼胎，人鬼之所以關照也。遡其祖風，規其文體，山市樓頭，梨花塚畔，如此雅鬼，殆難得遇。氤氳使周旋其事可矣，何必央陽間紗帽說人情哉！

爭意氣

卞清照之蒼頭范二郎，性有奇癖，睚眦必報，惡聲必反。嘗語其同伴曰：「寧可一日不吃飯，不可一日不爭氣。」一知其性者，不與說話，雖主人亦不與較。

曾過閶門吊橋買蘋果，范揀而復退。賣果者不耐，曰：「果不過如此，屢弄要壞，不顧後客買耶？」范曰：「後客買得，前客獨買不得乎？買得即弄得。」賣者曰：「爾若盡買，何妨盡弄。」范曰：「爾安知我不能盡買。」賣者顧范冷笑曰：「難説！」范怒氣滿面，提起木桶一椿，盡其所有數之，得三百餘枚，該價六千幾百，令賣者肩桶到家，典羊皮襖兩件，如數與之。賣者肩錢。范呼其轉來，曰：「蘋果盡買矣，請問何爲『難説』？」賣者喜貨之速售，而又窺其人之情性也，曰：「我説差矣。」范曰：「認差便是。」

又一日，過平望鎮，到油酒店呷酒，問當櫃者曰：「有下酒物乎？」答以無有。隨有一婢來買醬乳腐。范曰：「此物吃得乎？」其人曰：「乳腐吃得。」范於褡褲中取錢十五，買得五塊盡啖之，酒僅半斤而已。臨行，謂當櫃者曰：「我所吃者，非爾店中物乎？而曰無下酒物乎？」衆爲之大笑。

嘗因鬬毆遭官杖，范怒目視官長曰：「杖不足威嚴，能斷我頸，斯爲好漢！」官叱其去。范一直下堂，作驕態曰：「何怕官長，我定要爭意氣！」

焦念山曰：麻雀至懦而善氣，蝦蟆至幺而善怒。蜉蝣常思撼樹，螳臂亦欲當車。物性受偏故也。人之偏於氣者，往往有之。亡命之徒，一語不合，蝸角相爭，務必水落石出。若輩豈知懲忿辨惑，不爲血氣所使，可以理勝之乎？甚矣爲民牧者之難也。

計倒麪館

吳人食物，奢華甲於他邑。其所鬬肥爭鮮、誘人來食者，莫如閶門麪館。館內廳堂樓閣，葺理煥然，疊坐連楹，陳設精巧。客人坐定，走者即送湯來，謂之「單湯」，沉浸穠郁，誠哉可口。湯後點酒點菜，隨心所欲，頃刻羅列。四五人消耗一二金者常事。酒殽爲主，麪不過名而已。

下鄉有錢某者，慕城中麪好，貿然就座。走堂者以一團村氣，諒非使錢主顧，不在心眼，且曰：「此處食客聯翩圍集，都用大菜。得罪老友，外廂盡空，大可去坐。」某至外廂，見客皆蓬首垢面、衣帽惡俚、涕洟淋漓之徒，冷落半晌，始與重麪輕澆。某以館人之輕己也，心銜之。

某係村中富户，遂託相知，即於館中買麪籌三百枚，出月某母誕辰，鄉親友慶壽者門庭若市，熱鬧數日。下鄉乞丐最多，遇人家有事，輒閧起無數，強索酒飯，驅逐不開，最爲惡習。某出問衆丐曰：「丐有多少？」曰三百餘。某曰：「逐一點來。」每點一丐，即與一籌，籌盡與錢。

群丐得籌歡散，一閧入城，頃刻達麪館，提籃執棒，絡繹而來。廳堂樓閣及兩廊下，群丐滿坐，大喊麪來。開館窘極。時滿館食客，避丐走散，並無繳賬處。走堂叱之，丐爭相喊曰：「出錢買貨，而受骯髒乎！我輩一朝發跡，豈尋常吃短麪時候。受爾等龜鱉蛇蟲之惡詈哉！」開館忙報甲頭。頭曰：「丐伸手討吃，我尚不好管，丐以籌買吃，我且不當管。若買不與，則是丐該餓死，捨錢不好吃錢也。且彼以籌來，此不以麪與，又直在丐而曲在開館者。賈欲謀利而惡囂乎？」弗顧而他走。

開館無可如何，只得與麪，聽其淋漓飲食，而又不肯安然也。有一籌要二倍者，有要肉換雞，要雞換肉者，有嫌鄙不一者，稍不屬目，輪流攫取。遺失磁錫器皿，不計其數。館人曰：「吃完可去矣。」群丐曰：「主客情面，有不容留連片刻，如此傲慢乎！快捧熱湯來，與尊客用，好好服侍。我寶籃中還有香飯顆與爾等作塌化。」群丐曰：「無歌侑食，終嫌寂寞。」於是三百口齊聲高唱「哩哩蓮花落」，響入雲霄。過客盡歇足，以爲若大門樓，乃是花子會館。群丐又曰：「清歌不可無妙舞。」於是各執籃棒代干羽。館人催去，即以干羽抵當，歌舞益狂。開館計無所出，乃重賂甲頭，始佩玉鳴鸞而罷。自此無一人下顧，館遂閉。折資千百貫，只落得一場歌舞而已。

韓晝圃曰：應酬最難。素昧平生，猝然至止，語言禮貌，非曲意周旋不可。若貿易場中，惟利是圖，豈有意氣存乎？人地相宜，非有心惡待也。欲加之罪，何患無辭。務使淋漓盡致，以報其不知之怨，伎倆奸險可畏。

厨房聯句

昔唐伯虎、祝枝山兩人，行止如游龍夭矯，捉摸不定。一日，唐先傭身於富翁家，職司竈。既而祝亦來投。富翁曰：「來者積薪，收不勝收。無已，東厨試用，且看後效。」祝亦得入厨房。

兩人公事畢，無可消遣，遇見巨黿於竈下，遂聯句曰：「庖厨君子遠，祝。昭灼竈神知。雷賀倪燒也，唐。金生麗炒之。拔刀斬欲縮，祝。反鍋括難支。澼絖虞黽手，唐。挑煤喜黑髭。養兒須跨此，祝。娶婦必爬斯。溝水渾無礙，唐。牆花盡有茨。疆疆安故步，祝。浼浼入新詩。省麪原防醉，唐。撑菱競索遺。褲青堪下蓋，祝。簑緑試輕披。藻晝兼山刻，唐。蘧篨共戚施。坳堂超此日，祝。壁角拉當時。玄板何曾敗，唐。金錢愈出奇。胸前憑劃卦，祝。背後縱彈棋。厚福蹣跚載，唐。榮行貼捷宜。蜉蝣空爾慮，祝。佝僂不予欺。俯仰分靈繹，唐。陰陽助老衰。烟囱瞻弗及，祝。鑊甑踏還遲。智策三年兆，唐。端凝一座碑。裝成丞相度，祝。咬痛狀元肌。自在清閒好，唐。千秋祝壽辭。祝。」

主翁知之，出曰：「爾兩人傭人而詩人者也。昨夜所聯之句，約略聞之，爾即録上與老夫細閱。」兩人如命録呈。翁拍案叫絶曰：「老夫有全家行樂圖，縉紳題遍，類皆寥寥幾句，浮泛應酬而已。孰若此詩親切入情，呼之欲出。爾其爲我書之幅頭，傳之子孫，以爲家寶，庶幾流芳百世。」兩人曰：「昨見巨龜曳尾竈前，我兩人即景生情，爲此聯句。若書之行樂圖上，恐不雅相。不如無書。」翁曰：「奇哉。何與老夫圖中之意語語針對，當必竈神之助。不書負此詩，并負此圖矣。」祝遂書之。

翁珍藏之，嘗語人曰：「我得兩詩人於竈下，其所作詩意，天然合我畫意，是其照我之照，必能樂我之樂者也。」遂自署其所居曰「樂得居」，取樂得英才之意。

莊蘧庵曰：吳越之野，有罵神廟。神喜罵，凡有所求，燭香牲醴之後，必繼以大罵，始靈驗。否則土木如故。祝、唐聲名，鑿鑿罵來，不然，廊廡階墀，擁擠雜遝，焉能收得竈下門生哉！

韋廟考詩

夜航主人，愚人也，愚人無夢。又癡人也，癡人喜聽人説夢。今年春，友人莊生自浙上蘇，晚宿書院，草荒塵積，少安寢處。因思左司咫尺，何不寄宿，趁便祈夢？遂移臥具往。適無一人，生乃獨眠廊下。漏將四下，目不交睫，瞻視韋公，道貌冲穆，詩境空濛。沉思良久，公從容下座曰：「『新舊唐書無爾傳，乾坤清氣有君詩』。汝作乎？」生曰：「然。」公曰：「上句是惜，下句是贊，却無人道過。然意殊不的，我不受也。」語未畢，報有客至，公出迎。生回避廊下，見有憂愁滿面，有貌寢唇缺，亦有瀟灑書生，服式不一，并有環珮珊珊者，生不敢端視，約略賓從十餘人。公延入書房款坐。

頃之，皂衣人出曰：「神以君十四字述衆賓聽，咸讚揚曰：『是子非吴兒木石可比。』即刻要會考君。」未幾，公出曰：「生前來。」生直趨長揖。公曰：「汝今夕要做夢乎，做詩乎？」生曰：「做詩即是做夢，做夢即是做詩。惟公命。」公曰：「取韻牌來。」公信手拈麻字牌付生，遂入。須臾，皂衣人捧八卷至，題皆書就，各做七言律詩一首。

第一題「屈靈均」。詩曰：「寵任三閭忽放衙，行吟澤畔踏蒼葭。美人南國空湘水，香草西鄰賦揭車。兩字離騷芬俎豆，一川競渡畫龍蛇。滋蘭樹蕙終摧落，不若青門老種瓜。」

第二題「王昭君」。生恍然悟珮珊珊者此君也。詩曰：「漫矜傾國賽朝霞，圖畫三千獨汝瑕。不信蛾眉還粉飾，立教馬首抱琵琶。紅顏一代沙埋玉，青草千年鳳侶鴉。朔漠秋風頻灑淚，黃榆關外聽胡笳。」

第三題「禰正平」。生想此客必到。詩曰：「一服岑牟激怒蛙，沅湘狂客勝長沙。東西人物推豪傑，大小兒曹定攫拏。筮仕幾曾臣事主，出身枉說女辭家。當時鸚鵡鷙壇坫，早計漁陽鼓亂撾。」

第四題「方雄飛」。生想唇亡齒寒，原是薄福相。詩曰：「龍梭織出字橫斜，誰識先生骨亦花。流輩半唇嫿貌寢，士林三拜錫名嘉。玲瓏詩格仙禽遠，領袖文星薄霧遮。不有慰魂賢宰輔，鏡湖賜第孰宣麻。」

第五題「沈休文」。詩曰：「家世吳興起石耶，翩翩玉筍蕙蘭牙。夢魂彩翼天邊到，錦繡文名月外誇。碧落情虛微有象，漆燈消息靜無嘩。雲陽浪迹成高蹈，不用浮梁去賣茶。」

第六題「羅昭諫」。生意瀟灑書生，何一寒至此，此首要着力做。詩曰：「越使吳儂譽未加，詩名四海榜名賒。浮沉上下真棲隱，飄泊東南擬泛槎。同姓欲通江左牒，素娥偏吝月中葩。鍾陵別後垂垂老，愁絕雲英尚浣紗。」

第七題「溫飛卿」。生曰：體貌不颺，人生落劫，鍾馗之名不謬。詩曰：「助教驚才擅八叉，無聊始悔讀南華。女兄痛哭徒齎恨，權相陰排祇歎嗟。箠辱淮濱誰物色，襟題漢上暫生涯。錦鞋賦罷成何事，贏得香名遍狹邪。」

第八題「石曼卿」。生以爲此人後無人矣，亦無韻脚。詩曰：「芙蓉城主未爲奢，穩跨仙家玉鼻騧。那顧明經嘲白蠟，漫勞方士贈丹砂。鳳凰詔下虛名姓，豺虎叢中玩爪牙。自古奇男隱詩酒，英靈生死幾曾差。」

八卷都完，呈進，杳無音跡。延竚久之，皂衣人出。生急忙前問曰：「神何不出來發落？」皂衣人曰：「不必發落，君可快趁夜航船去。」生醒，以述夜航主人聽，主人爲作《夜航船》。